Der Zorn des Gottes Swantewit

Ulrich Völkel

Der Zorn des Gottes Swantewit

Sagen von Fischland-Darß-Zingst

Illustriert von Katrin Kadelke

Wie Fischland, Darß und Zingst entstanden sind

An der Ostseeküste zwischen Rostock und Stralsund liegen die drei Inseln Fischland, Darß und Zingst, welche im Laufe vieler Jahre zusammenwuchsen und am südwestlichen Ende ans Festland anschlossen. Lange ist es her, dass der Prerowstrom den Darß vom Zingst trennte oder der Permin das Fischland vom Festland. Doch es geschieht nicht einfach, dass Inseln aneinanderwachsen.

Das Ostseesturmhochwasser von 1872 hatte den Ort Prerow und die zahlreichen kleineren Inseln überflutet. Das Meerwasser spülte alles, was nicht fest verankert oder durch Seile gesichert war, selbst Häuser und Hütten und Ställe, sogar Tiere und leider auch Menschen mit sich fort und ließ Unmengen Sand zurück. Der bis dahin Darß und Zingst trennende Prerowstrom versandete und das Wasser konnte nicht mehr in seinem gewohnten Bett fließen. Da schütteten die Bewohner das einstige Flussbett vollends zu. Das Meer und die Menschen formten und formen das Land bis heute. Es wird auch in Zukunft immer wieder Veränderungen der Küstenlinie geben. Das Meer nimmt und das Meer gibt.

Wie sich der Permin zwischen Fisch- und Festland schloss, dazu erzählt man sich verschiedene Geschichten. So sollten zur Zeit der Seeräuber die Rostocker Handelsleute eine ganze Flotte Schiffe in der schmalen Wasserrinne zwischen den beiden Teilen versenkt haben, um dem Seeräuber Störtebeker und seinen Mannen die Durchfahrt unmöglich zu machen. Dieser versteckte sich nämlich gern in den seichten Gewässern des Saaler Bodden[1], bis er unbemerkt an Barth vorbei wieder aufs offene Meer gelangen konnte.

[1] Ein Bodden ist ein flaches buchtartiges Küstengewässer. Bodden stammt vermutlich aus dem Niederdeutschen und bedeutet »Boden« oder »Grund«, da diese Gewässer typischerweise nicht sehr tief sind. Es gibt viele Bodden in der südlichen Ostsee, wo sie durch langgestreckte Inseln und Halbinseln vom offenen Meer abgetrennt sind und Lagunen bilden.

Die Bewohner der Inseln hatten dagegen ein gutes Verhältnis zum legendären Seeräuber Störtebeker, denn oft teilte er seine Beute nicht nur mit seiner Mannschaft, sondern auch mit den ärmeren Bewohnern der Küstenorte. Bis heute erzählt man sich viele Sagen über ihn und seine »Likedeeler«, die Gleichteiler.

Sagen entstehen und vergehen. Sie werden über die Jahrhunderte überliefert. Mal erzählen sie von alten Bräuchen und Aberglauben, mal folgen sie der freien Fantasie. Aber immer wurden sie mündlich weitergegeben, da die Menschen früher selten Lesen und Schreiben konnten. Außerdem saßen sie gern abends beisammen und unterhielten sich. Damit die vielen Geschichten über die Halbinselkette Fischland-Darß-Zingst und ihr Umland nicht in Vergessenheit geraten, wurden sie später aufgeschrieben. Seht, so war das damals. Oder war es doch ganz anders?

Ulrich Völkel
Frühjahr 2022

Der Zorn des Gottes Swantewit

Vor langer Zeit lebte am östlichen Ufer Jütlands auf der Kimbrischen Halbinsel, jenem Landstrich des heutigen Festlands von Dänemark, ein freundliches, friedfertiges Volk, das jeden Fremden als Gast aufnahm und bewirtete, schwunghaften Handel trieb und seine Waffen in der hintersten Ecke der Häuser ablegte, weil es weder Schwert, Spieß noch Enterbeil brauchte.

Die Wenden verehrten zahlreiche Götter. Als oberster und besonders verehrter Gott galt der vierköpfige Swantewit. Sie stellten sich ihn als einen gewaltigen Riesen vor, der einen bis zu den Knien reichenden Filzrock mit weiten Ärmeln trug, unter dem die behaarten Beine hervorlugten. Die Füße steckten in einfachen Bastschuhen. An der rechten Seite trug er ein großes Schwert, an der linken einen ebenso großen Bogen. In der rechten Hand hielt er ein mit berauschendem Met, also süßem Honigwein, gefülltes Trinkhorn, das jedes Jahr von den heiligen Priestern neu gefüllt werden musste. Schmeckte Swantewit der Honigwein süß, würde die Ernte im kommenden Jahr ertragreich sein, schmeckte er ihm dagegen bitter, würde ein Dürrejahr bevorstehen.

Swantewit war ein guter, aber manchmal auch ein zorniger Gott. Mit seinen vier farbigen Köpfen konnte er gleichzeitig in alle vier Himmelsrichtungen sehen: Der weiße Kopf blickte gen Norden, der rote nach Westen, der schwarze in den Süden und der grüne in Richtung Osten.

Um seinen Zorn nicht zu erregen und ihn sich geneigt zu stimmen, brachten ihm die Menschen allerlei Opfer. Das waren Früchte des Feldes, etwas Fleisch und manchmal auch eine Kanne Met.

Die Wenden an Jütlands Küste führten ein friedliches und zufriedenes Dasein, hielten gute Nachbarschaft und sorgten sich nicht um den nächsten Tag. Sie gingen ihrer Arbeit nach, fuhren zum Fischen auf die See hinaus, bestellten ihre Felder auf dem kargen Boden und trieben mit ihresgleichen in den umliegenden Orten einen bescheidenen Handel.

Das änderte sich an einem schicksalhaften Tag, als nach einem großen Schiffsunglück, das sich vor der Küste ereignet hatte, eine merkwürdige Holzlade zwischen allerlei anderem Treibgut angespült wurde. Mit einem Brecheisen mussten die Schlösser gesprengt werden. Da blitzte es und glitzerte es unter dem Deckel, weil die Lade voller Gold und Edelsteine war. Als hätte der ungewohnte Glanz sie blind gemacht, rissen und zerrten und stießen und traten die Leute um sich, weil jeder den größten Anteil an der Beute erlangen wollte, als ob der Schatz nicht für alle gereicht hätte. So fraß sich allmählich der Neid in ihre einst friedliche Nachbarschaft, bis schließlich jeder darauf achtete, dass er mehr besaß als der Nachbar. Es verging kaum ein Tag, an dem kein Mann Streit mit seinem Nebenmann anfing, ihn laut beschimpfte und ihn verdächtigte, aus seiner Vorratskammer gestohlen zu haben. Und es verging kaum ein Tag, an dem sich die alten nicht mit den jungen Frauen um die Männer im Ort stritten.

Der Dorfschulze regierte zwar mit eiserner Faust, aber er urteilte nach Gutdünken und bestrafte meistens den, der ihm weniger Gold bot. Doch eines Tages saßen die Männer abends wieder an einem großen Feuer versammelt. Sie tranken berauschenden Met und lachten über grobe Scherze. Sie grölten kriegerische Lieder und prahlten einer vor dem anderen mit Heldentaten, die sie nie begangen hatten. Jedes zweite Wort war ein Fluch, jedes dritte eine Lüge. Nur arbeiten, nein, dazu hatten sie keine Lust mehr. Lieber lauerten sie durchziehenden Händlern auf und raubten deren Ware. Geriet ein Schiff in Ufernähe in Seenot, eilten sie nicht mehr zu Hilfe, sondern warteten, bis es auf Grund lief, zerbarst und die Seeleute im Meer ertranken. Dann prügelten sie sich um das antreibende Strandgut in der Hoffnung, wieder so eine reich gefüllte Holzlade zu ergattern. Sie fuhren nur noch selten zum Fischen hinaus. Sie vernachlässigten ihre Äcker. Und Handel trieben sie auch kaum noch. Das Leben des Nachbarn war ihnen nichts mehr wert.

Da kam es schon einmal vor, dass einer den anderen um dessen goldenen Ring oder einen blitzenden Edelstein beneidete, obwohl er doch selbst reichlich von dem blitzenden Geschmeide nach Hause getragen hatte.

Aus dem einst friedfertigen Volk war ein zänkischer und alle Ehrfurcht vor den Göttern missachtender Haufen von Raufbolden geworden.

Gott Swantewit sah dies mit wachsendem Unmut und Zorn. Er missbilligte, wie sein Volk sich verändert und wie sehr die Leute den Respekt vor ihm verloren hatten.

In ihrer Gier und der Furcht um ihren Besitz hatten die Menschen vergessen, Opfer für Gott Swantewit zu bringen. Lieber tranken sie selbst den Met, aßen die Feldfrüchte und verspeisten das Fleisch, was eigentlich für Swantewit reserviert war. Sie feierten ausgelassen, als gäbe es nichts als sie selbst auf der Welt. Oder sie prügelten sich um den letzten Dukaten aus der Lade.

Der Zorn des Gottes über das gierige und gottvergessene Volk wuchs ins Unermessliche. Da trat Swantewit mit dem rechten Fuß so heftig auf, dass die Erde bebte.

Tatsächlich hielten die übermütig Feiernden erstaunt für einen Moment inne. Aber da sonst nichts weiter geschah, vergaßen sie die Warnung schnell, weil sie gar nicht begriffen hatten, dass es Swantewit war, der ihnen befahl, das wilde Treiben zu lassen. Nur die Priester und die wenigen Gottesfürchtigen unter ihnen sagten:

»Spürt ihr, der Gott Swantewit ist wütend. Lasst ihn uns wieder mit Met und Honigkuchen gnädig stimmen.« Aber als die Vorsichtigen die Opfergaben überreichen wollten, weigerten sich die habgierigen Bewohner, ihrem Beispiel zu folgen.

»Warum soll Swantewit die guten Speisen bekommen, für die wir so hart arbeiten? Gebt ihm altes Brot und Wasser, das wird reichen!«, riefen sie voll Übermut, weil sie allen Reichtum und alles Gute nur für sich selbst behalten wollten und gar nicht sahen, wie träge und faul sie geworden waren.

Da trat Swantewit mit dem linken Fuß noch heftiger auf als zuvor mit dem rechten. Die Erde bebte bedenklich. Einige Häuser stürzten ein, Wege rissen auf und Flüsse änderten plötzlich ihren Lauf. Aber wer glaubte, nun hielten die Menschen inne und besannen sich, der irrte. Noch trotziger wurden sie und gaben nun gar nichts mehr her, weder an ihren notleidenden Nachbarn noch an ihren Gott.

Da trat Swantewit mit dem rechten, dann mit dem linken Fuß so kräftig auf, dass die Erde erzitterte. Zunächst war nur ein leises Surren zu hören, dann klang es schon, als ob ein großes Leinentuch zerrisse, und schließlich gab es einen derart heftigen Schlag, dass die rohrgedeckten Dächer von den Hütten flogen und das Weidevieh durch die Luft geschleudert wurde wie ein aufgeschreckter Hühnerhaufen.

Die Bäume stürzten reihenweise um und die Menschen wirbelten springenden Flöhen gleich durcheinander. Schließlich ertönte ein gewaltiges, von zuckenden Blitzen begleitetes Donnergrollen.

Und dann geschah es: Ein riesiges Stück Land löste sich vom Festland, rutschte ins Meer samt Hütten und Vieh und Menschen und driftete langsam in südliche Richtung davon. Als es an einer Sandbank im Meer auflief, pumpte sich Swantewit die mächtige Lunge voll Luft, um sie dann als Sturm gegen das abgespaltene Land zu blasen. Da flog noch einmal alles durcheinander, was den ersten Ansturm überstanden hatte. Eine große Flutwelle riss das abgetrennte Land von der Sandbank wieder los und trieb es, in mehrere Inseln zerklüftet, immer weiter über das Meer, bis es vor dem gegenüberliegenden Ufer im flachen Wasser stecken blieb.

Es dauerte Jahre, bis die in alle Winde Verstreuten und Gestrandeten zu alter gottesfürchtiger Lebensweise zurückfanden und heimisch wurden auf ihren neuen Inseln: Fischland, Darß und Zingst. Auf dem Fischland errichteten sie einen großen Tempel und nannten den Ort zu Ehren Swantewits *swante wosdrow*, welches in ihrer Sprache so viel wie »Swantewits Insel« oder »Heilige Insel« bedeutete. Heute nennen wir diesen Ort Wustrow.

Die Menschen hatten aus dem Unglück gelernt und gingen von nun an wieder ihrer täglichen Arbeit als Fischer oder Bauern oder Handwerker nach. Der Respekt vor Swantewit gebot, dass sie ihm regelmäßig Opfergaben darbrachten und dass sie seine Heiligkeit im Tempel feierten.

Swantewit war es zufrieden. Seine Lektion war verstanden worden. Nur manchmal, wenn die Männer zu viel Met tranken und aufeinander losgingen oder sich die Frauen in die Haare gerieten, holte er tief Luft und schickte einen mächtigen Sturm übers Wasser, das in großen Wogen Teile der Inseln überflutete. Zurück blieben mit Sand und Geröll bedeckte Wiesen und Felder. Solche Warnung wurde verstanden als Mahnung, einander in der Not zu helfen und gute Nachbarschaft zu halten.

Schuster Pickdraht aus Ribnitz

Wo Rauch ist, sagt das Sprichwort, ist auch Feuer. Dass dies nicht immer der Wahrheit entspricht, musste Schuster Pickdraht aus Ribnitz schmerzlich erfahren. Er saß in seiner kleinen Werkstatt zu ebener Erde. Mit den Zähnen hielt er ein Dutzend Holzstifte fest, die er einen nach dem anderen in den Rand einer Schuhsohle schlug. Mit der Ahle, einem spitzen Werkzeug, hatte er die Löcher vorgestochen. Stift für Stift nahm er aus dem leicht zusammengepressten Mund, setzte ihn an das nächste Loch und holte mit dem Schusterhammer kurz aus, dass es »pautz« machte. Meistens reichte ein einziger Schlag und der Stift war in der Sohle versenkt. Meister Pickdraht verstand sein Handwerk. Zwischendurch schaute er prüfend auf. Dann sah er durch das kleine Werkstattfenster den Kirchturm und den blauen Himmel darüber.

Es war Herbst. Schuster Pickdraht hatte das Fenster zur Hälfte geöffnet. Die warme Luft des Altweibersommers strömte in den Raum und vermengte sich mit den Gerüchen der Werkstatt.

Auf dem kleinen Ofen köchelte der Leim. Schuster Pickdraht liebte den Geruch des Leims und den Geruch von Leder. Und er liebte seine Arbeit. »Pautz«, der nächste Holzstift versank in der Sohle. Manchmal nahm der Meister den linken Schuh vom eisernen Dreifuß, verglich ihn mit dem rechten, war zufrieden und setzte ihn wieder auf. Pickdraht arbeitete so gleichmäßig und schlug die Holzstifte so zielsicher ein, als wäre er eine Maschine. Jeder Schlag wurde von einem wohlklingenden »pautz« begleitet. Man hätte glauben können, es sei ein Lied, so gleichmäßig erklangen die Hammerschläge als Taktgeber. Jeder konnte des Schusters Lied hören, wenn er an seiner Werkstatt vorbeikam. Für die Ribnitzer gehörte es zu ihrer Stadt wie der stündliche Glockenklang aus dem Kirchturm. Pickdraht war bei seinen Mitbürgern sehr beliebt und geachtet. Wenn einem der Schuh drückte, ging man zum Schuster, der alles flicken oder passgenau neu machen konnte und immer einen guten Rat wusste. Den gab es gratis dazu.

Pickdraht war mit seiner Arbeit fertig. Er hing das fertige Paar Schuhe mit einem durch Pech gezogenen Faden auf die Leine zu den anderen Schuhen und Stiefeln, die bereits auf ihre Besitzer warteten. Dann legte er Hammer und Beißzange an den ihnen zugehörigen Platz, wo die anderen Werkzeuge lagen. Pickdraht mochte es nicht leiden, seine Werkstatt unaufgeräumt zu verlassen. Er fegte auch noch die abgeschnittenen Lederreste zusammen, wusch sich die Hände, von denen die Spuren seiner Arbeit nie ganz zu beseitigen waren, nahm seine Schürze ab, zog die Joppe über und verließ die Werkstatt, die er nie abschloss. Kunden, die ihre bestellte Ware abholen wollten, sollten nicht umsonst kommen, wenn der Meister außer Haus war. Sie nahmen ihr neu besohltes Paar von der Leine, legten die vereinbarten Taler auf den Tisch neben dem Leimofen und gingen zufrieden nach Hause. Man kannte und vertraute sich.

Der Schuster saß derweil bei seiner Frau am Tisch und aß zu Mittag. Es gab reichlich Kakt't Dösch, also Gemüse mit Dorsch. Das war seine Lieblingsspeise. Pickdraht hatte einen gesunden Appetit. Und Fisch, das war für die Ribnitzer gewissermaßen eine Selbstverständlichkeit, ging doch der Name ihrer Stadt auf das slawische Wort »Ryba« für Fisch zurück.

Als er in Richtung Kirchturm blickte, um sich der Uhrzeit zu vergewissern, blieb ihm vor Schreck der Atem stehen.

»Füer!«[2], sagte er kaum hörbar zu seiner Frau, als er auch schon aufsprang und auf den Markt hinauslief. »Füerjo! Füerjo!«

»Wo brennt dat?«[3], fragte der Wirt, der aufgeregt aus seiner Kneipe kam. Immer mehr Menschen kamen zusammen, während Pickdraht auf den Kirchturm zeigte.

»Dat brennt! Dor, seht ji denn nich de dunkel Wulken üm den Karktoorn? Dat kann bloot Rook wesen.«[4] Und wo Rauch ist, ist bekanntlich auch Feuer.

Die Ribnitzer folgten mit den Augen dem ausgestreckten Arm des Schusters. Und da sahen sie es: eine dunkle Wolke umhüllte den backsteinernen Turm der Marienkirche. Der Schrecken fuhr ihnen in die Glieder und sie rannten auch schon los.

»Füerjo!« rufend liefen sie durch Ribnitz, um die anderen Bewohner zu warnen und aufzufordern, alles was man zum Löschen benötigte zu ergreifen: Feuerpatsche, Ledereimer, Axt und Spritze. Der Schuster, der Wirt und vier weitere Ribnitzer holten die Pumpe aus dem Schuppen. In unmittelbarer Nähe befand sich der Fluss Recknitz, aus dem sie das Wasser in den Tank füllten. Als der voll war, spannten sie sich davor oder schoben von hinten, denn es hätte zu lange gedauert, die beiden Pferde von der Koppel zu holen. Und los ging es! Hei hopp, hei hopp, hei hopp! Wieder auf dem Marktplatz angekommen stellten sich vier von ihnen, zwei rechts, zwei links an die Hebel der Pumpe und stießen sie auf und ab. Dem Schlachter Fedder schlug dabei der Griff gegen die Nase, doch zum Jammern war keine Zeit. Der Schuster und der Wirt ergriffen den Schlauch als endlich der erste Wasserstrahl aus dem Rohr kam. »Pumpt gauer!«[5], rief der Bürgermeister, der die Löscharbeit überwachte. Der Druck reichte noch nicht aus, das Wasser in die erforderliche Höhe zu spritzten. Die Ribnitzer sahen angstvoll auf die Männer an der Spritze.

2 »Feuer!«
3 »Wo brennt es?«
4 »Da brennt es! Da, seht ihr denn nicht die dunkle Wolke um den Kirchturm? Das kann nur Rauch sein!«
5 »Pumpt schneller!«

Bäcker Witt, ein kluger Mann, stand in der Tür seines Ladens und hielt plötzlich in. Er beschattete seine Augen mit der rechten Hand und sah zum Kirchturm hinauf. Gegen den Himmel blickend rief er den aufgeregten Ribnitzern zu:

»Ick glöw, dat is gor keen Füer! Ick seih bloß Rook, oewer dor kamen jo kein Flammen!«[6] »Dröhnsack!«, riefen die anderen.

»Dau du man wat un hol din Mul!«[7] Die Menschen waren darüber sehr aufgebracht, denn jede Hand und jeder Mann wurden gebraucht und keine »Klaukschieter«[8] wie der Bäcker Witt einer war, der immer alles besser wusste.

Da erreichte das Wasser endlich die Spitze des Kirchturms und sogleich schwebte die große Rauchwolke aus vielen tausend Haffmücken davon. Sie flatterte für einen Moment in der Luft, stob dann auseinander und zog sich wieder zusammen und flog schließlich Richtung Bodden davon. Die Ribnitzer jubelten auf vor Erleichterung, als sie den Irrtum begriffen, dem sie aufgesessen waren. Bäcker Witt lachte schadenfroh und rief:

»Dat wier jo ein Mückenswarm! Mücken, nicks as Mücken wiern dat. Hew ich dat nich glik seggt, dat wier kein Füer?«[9]

Die Ribnitzer schauten aus, als wären sie alle selbst nassgespritzt worden und verzogen sich murmelnd zurück in ihre Häuser oder gleich in den Krug[10], um den Brand in ihren Kehlen zu löschen. Gesprächsstoff hatten sie reichlich an diesem späten Nachmittag. Das längste Gesicht aber machte der Schuster Pickdraht, der nun um sein Ansehen in der Stadt fürchten musste. Denn wer den Schaden hat, muss für den Spott nicht sorgen, weiß das Sprichwort.

Doch in den nächsten Tagen wollte niemand mehr gern über den Vorfall reden, waren sie doch alle auf den gleichen Irrtum hereingefallen.

Bäcker Witt aber erzählte jedem gern die Geschichte von den Ribnitzer »Mückensprütters«[11] und wie er es wieder einmal besser gewusst hatte.
So kam es, dass auch heute noch die Ribnitzer Feuerwehrleute den Spitznamen »Mückensprütters« tragen, obwohl sie sonst noch jeden richtigen Brand tapfer bekämpft haben.

---

6 »Ich glaube, das ist gar kein Feuer. Ich sehe nur Rauch, aber da sind ja gar keine Flammen!«
7 »Tu lieber was und halt deinen Mund!«
8 Klugscheisser
9 »Das war ja ein Mückenschwarm! Mücken, nichts als Mücken waren das. Habe ich es nicht gleich gesagt, dass das kein Feuer war?«
10 Bezeichnung für ein Wirtshaus
11 Mückenspritzer

Nur einer nahm noch an jenem Abend einen besonderen Schaden. Bäcker Witt hatte vergessen, das Fenster seiner Schlafstube zu schließen, als er sich zur Ruhe legte. Ob sich die Mücken nur verflogen hatten oder ob sie sich für den Spott des Bäckers rächen wollten, weiß man nicht genau. Jedenfalls drangen sie in sein Zimmer ein und piesackten ihn dermaßen, dass er nie wieder über den Irrtum eines anderen Menschen lachen wollte.

Der Blüsenfischer von Wustrow

In Wustrow lebten die Menschen friedlich zusammen. Die meisten von ihnen gingen neben ihrem Tagewerk auch der Fischerei nach, denn die Äcker und Wiesen waren nicht sehr fruchtbar. Viel besaßen die Leute nicht, außer Heringe, die gab es zuhauf. Und weil es so viel Hering gab, sangen sogar die Kinder davon:

Hüsse, büsse, lewes Kind,
Vatter de fängt Hiring;
Mutter de sitt an den Strand,
Vatter de kümmt bald an Land
Mit en Föder Hiring!

Vor allem im Frühjahr brachten die Fischer reichen Fang an Land. Die Heringe wurden in Salzlake eingelegt, wodurch sie sich lange hielten und man sie das ganze Jahr über essen konnte. Zerkleinert wurden sie sogar als Dung auf die mageren Felder ausgebracht. Ja, selbst den Pferden mischten die Wustrower Heringe unters Futter, wenn dies knapp wurde, um es zu strecken, wenn es knapp wurde. Wollten die Tiere nicht fressen, weil sie krank oder verhext waren, legte man ihnen einen gesalzenen Hering in die Krippe. Das half. Meistens jedenfalls.

Im Herbst fiel die Heringsernte zwar geringer aus, aber der Fisch war fetter und nahrhafter. Dazu stellten die Wustrower den Fischen mit weit gespannten Netzen nach, in denen sich die Heringe verfingen. Es gab genug für jeden und keiner musste dem anderen seinen Fang neiden. Damit dies auch immer so bliebe, hatten die Wustrower die Blüsenfischerei verboten. Dabei blendete man die Fische mit Feuer und konnte sie mit großen Gabeln, wie Algen aus dem Wasser heben. Doch was in einem Jahr Reichtum versprach, konnte für die nächsten Jahre eine magere Ausbeute bedeuten.

Eines Tages kam ein Mann nach Wustrow, den niemand kannte. Ein Hüne von Gestalt, der die meisten Bewohner um wenigstens eine Haupteslänge überragte. Sein grobes Gesicht wies ein Dutzend Narben auf, die er sich wohl kaum beim Angeln mit der Rute zugezogen hatte. Er sagte, er wäre Schneider, hieße Fiete Brehmer und wolle sich hier niederlassen. Wenn diese Pranken die Hände eines Schneiders sein sollen, sagten die Leute, muss er sein Handwerk in einer Schmiede gelernt haben. Aber gut, jeder soll sagen dürfen, wer er ist oder sein will, wenn er nur sonst einer ehrlichen Arbeit nachging. Einen Schneider konnte man in Wustrow gut gebrauchen. So wies man dem Neuen eine kleine Hütte zu und nahm ihn in die Gemeinschaft auf. Doch Fiete Brehmer war nicht wirklich interessiert daran sich Freunde zu machen. Er war eigenbrötlerisch und sprach nur selten mit den anderen. Die Joppen und Hosen, die Fiete Brehmer einem anfertigte, waren mit groben Stichen zusammengenäht. »Als ob er Schiffssegel näht«, sagten die Leute. Nun gut, für den sonntäglichen Kirchgang taugten diese Sachen nichts und die Wustrower fuhren weiterhin zum Schneider nach Ribnitz auf der anderen Seite des Boddens, wenn sie einen neuen Bratenrock brauchten für den Kirchgang am Sonntag.

Wustrow war zu klein, um einen Schneider zu ernähren, und einen wie den, der sich bei ihnen niedergelassen hatte, schon gar nicht. Dafür wurden seine Dienste zu selten in Anspruch genommen. Er musste also wie alle anderen auch von der Fischerei leben.

Im Hafen lag ein kleines Boot, eine Schaluppe, die keinem gehörte. Der Schulze, also der Dorfvorsteher, hatte nichts dagegen, dass sich Fiete Brehmer das Boot wieder zurechtmachte. Dabei beobachteten die Leute, dass ihr Schneider mit viel Geschick zu Werke ging. Er wechselte die morschen Planken aus und verschmierte die klaffenden Ritzen mit Pech. Er setzte einen neuen Mast in die Bootsmitte und zog an diesem ein dunkelrotes dreieckiges Segel und ein kleineres Vorsegel auf. Er verstand sich offensichtlich aufs Takeln[12] und Spannen. Wenn der vielleicht auch kein richtiger Schneider ist, sagten die Leute, so ist er sicher schon einmal zur See gefahren. Vielleicht ja auch mit Störtebeker oder Gödeke Michels, die berühmten und berüchtigten Seeräuber.

Fiete Brehmer gefiel es nicht, dass man über ihn sprach. Und wenn ihm jemand beim Herrichten des Bootes zusah oder gar helfen wollte, lehnte er diesen wirsch ab. Da hielten die Wustrower lieber Abstand und ließen den Schneider links liegen. Nur der Wustrower Schulze behielt den Sonderling im Auge.

Es war an einem Spätherbstabend als die Sonne am Horizont westlich von Wustrow unterging. Der Schulze kam von einem Schwätzchen beim Pfarrer aus der Kirche, von der aus er einen guten Blick über den kleinen Hafen sowie den gesamten Bodden hatte. Da sah er einen hellen Schein draußen auf dem Wasser, als brenne dort eine Laterne? Er rieb sich heftig die Augen. Sollte ihm der Pfarrer zu viel vom guten Wein eingeschenkt haben? Aber nein, da flackerte ein Feuer auf dem Wasser. Der Schulze hatte eine ungute Ahnung. Kopfschüttelnd ging er nach Hause und erzählte seiner Frau, was er beobachtet hatte. Die sah ihn aber nur schräg an.

»Du und der Pfarrer, nein, ihr beiden und der Wein! Da kann ich mir schon vorstellen, dass du Feuer siehst, wo sich nur der Mond in den Wellen spiegelt.« Der Schulze war zu müde, um sich zu streiten. Er legte sich zu Bett und wollte das Geschehen die nächste Zeit weiter beobachten.

Schon bald erfuhr der Schulze von den anderen Fischern, dass Fiete Brehmer sich ihnen nie anschloss und stets am späten Abend allein aufs Wasser hinausfuhr.

12 Das Wort »takeln« ist seemannssprachlich und bezeichnet das Ausstatten des Schiffs mit der Takelage. Die Takelage besteht wiederum aus der gesamten Segeleinrichtung eines Schiffes: Segeln, Tauwerk (Seile) und Masten.

Die Männer dachten sich dabei nichts weiter, denn es war nur eine weitere Eigenheit des seltsamen Schneiders. Nach dem merkwürdigen Feuerschein auf dem Wasser wollte der Schulze aber lieber nicht fragen, bevor ihn auch die Fischer, wie schon seine Frau, für verrückt hielten.

Die nächsten Tage passierte nichts Auffälliges. Doch langsam häuften sich die Beschwerden der Fischer, dass ihre Heringsausbeute dieses Jahr besonders klein ausfiel. Die ersten Familien begannen sich um ihr Auskommen zu sorgen und ihr Bürgermeister wurde hellhörig. Als er zwei Wochen später wieder einmal vom Pfarrer gekommen war, sah er erneut das flackernde Licht draußen auf dem Wasser. Er blickte hinunter in den Hafen und sah, dass die Schaluppe des Schneiders fehlte. Der Schulze war sich nun sicher, dass Fiete Brehmer nicht nur seltsam war, sondern zum Blüsenfischen nachts auf den Bodden fuhr. Er setzte sich auf einen Poller am Hafen und beobachtete, wie sich der helle Schein langsam bewegte. Ein bisschen unheimlich war dem Schulzen schon, doch er harrte aus. Schon bald kam das Licht näher, bevor es kurz vorm Hafen erlosch. Doch trotz der nun herrschenden Dunkelheit konnte der Bürgermeister den Schneider und seine Schaluppe gut erkennen.

Fiete Brehmer vertäute sein Boot am Hafen und hievte eine große Fischkiste aufs Festland. Ohne sich umzudrehen, rief er in die Dunkelheit:

»Willst wohl auch'n Hering haben, Schulze, oder warum sitzt du hier im Dunkeln? Hering ist aus, heute gibt's nur Aal.«

»Ich hatte nur ein merkwürdiges Licht gesehen draußen auf dem Wasser und wollte schauen, was es damit auf sich hat.«

»Was für ein Licht?«, fragte Fiete Brehmer unwirsch.

Da sah der Schulze das eiserne Gestell im Bug der Schaluppe, auf dem noch einige glühende Holzscheite lagen. Da hatte er endlich den Beweis. Der falsche Schneider betrieb das unerlaubte Blüsenfischen.

Ohne auf dessen Gegenfrage einzugehen, erwiderte der Schulze mit fester Stimme: »Das ist verboten!«

»Was ist verboten?«, wollte Fiete Brehmer wissen.

»Blüsen. Blüsen ist verboten.«

»So? Ist es das? Und wer sagt das?«

»Das Gesetz!«, erklärte der Schulze.

»Für mich zählt nur das Gesetz des Stärkeren«, lautete die grobe Antwort. »Willst du nun 'nen Aal haben oder nicht?«

Dabei langte er in die Fischkiste und holte mit einem eisenharten Griff, damit der Fisch ihm nicht aus der Hand rutschen konnte, einen prächtigen Aal heraus und hoben ihn wie zur Drohung in die Luft.

»Wirf ihn zurück ins Wasser. Ich will von deinem Raubzug nichts haben. Ich werde noch einmal Gnade vor Recht ergehen lassen, Fiete Brehmer. Du bist neu und kennst unsere Gesetze noch nicht. Aber das war das letzte Mal, dass du zum Blüsen rausfährst. Ich muss sonst den Büttel losschicken, der dich vor Gericht bringt.« Da lachte Fiete Brehmer laut und boshaft.

»Der Büttel muss erst noch geboren werden, der mich vor einen Richter bringt!«, sagte er und warf den zappelnden Aal mit einem bösen Fluch ins Wasser.

»Damit wirst du nicht durchkommen! Oder denkst du, wir wüssten nicht, wer du wirklich bist, du – Schneider?«

Da verließ Fiete Brehmer das Boot und trat dicht an den Schulzen heran, den er tatsächlich um zwei Haupteslängen überragte.

»Gar nichts hast du gesehen, Schulze! Gar nichts! Und solltest du morgen wieder hier auftauchen…« seine Nase berührte fast die des Schulzen »… werde ich dir meine Gesetze zeigen.«

Der Schulze ging einige Schritte rückwärts.

»Es ist Unrecht, was du tust, Fiete Brehmer«, protestierte er schwach.

»Irgendwann triffst du noch auf deinen Meister«, sagte er und drehte sich um. Es war spät und was hätte er denn sonst machen oder tun sollen?

Dem Schulzen war durch und durch unwohl, dass er nichts weiter tun konnte. Doch niemand wusste, wie man dem Blüsenfischer von Wustrow beikommen könnte. Seine Frau machte sich zunehmend Sorgen um ihn, da er kaum noch aß und finster dreinblickte. Was war aus seinem friedlichen Wustrow nur geworden?

Eines Nachts hatte der Schulze einen seltsamen Traum. Er stand am Hafen und blickte auf den Bodden hinaus, wo er das Blüsenfeuer auf dem Boot von Fiete Brehmer entdeckte.

Da tauchte plötzlich eine seltsame Figur vor ihm im Wasser auf, halb Weib, halb Fisch, und sprach:

»Du hast mir das Leben gerettet, Schulze. Ich werde dich und deine Wustrower von diesem Räuber befreien.«

»Das Leben gerettet? Wann denn und wer bist du?«, fragte er verblüfft.

»Erinnere dich. Der Blüsenfischer hatte mich mit eisernem Griff aus der Kiste geholt und wollte mich dir anbieten. Du hast gesagt, dass du keinen geraubten Fisch annehmen würdest und mir somit das Leben gerettet.«

»Wer bist du?«, fragte der Schulze noch einmal.

»Ich bin Rán, die Frau des Meeresgottes Ägir[13]. Fiete Brehmer wird seiner gerechten Strafe nicht entgehen. Das verspreche ich dir«, sprach sie und verschwand in der Weite des Meeres.

[13] In der Geschichtensammlung der Edda, also in der nordischen Mythologie, heißt es, Ägir sei ein Meeresriese oder auch der Meeresgott. Seine Ehefrau sei die Meeresgöttin Rán. Die mächtige Rán, halb Mensch, halb Fisch, herrsche über alles Leben im Meer und wie man sagt, über das Totenreich am Grunde des Meeres. Dorthin gelangten jene, die auf See umkommen. Für diese Menschen besitze sie ein magisches Netz, das sie durch die Fluten ziehe. Es sei so dicht geknüpft, das ihm niemand entgehe und dadurch alle sicher in Ráns Totenreich gelangen könnten.

»He, was stöhnst du im Schlaf?«

Die Frau rüttelte ihren Mann an der Schulter.

»Was hast du?« Aufgeregt und nassgeschwitzt erzählte er seiner Frau was er geträumt hatte.

»Herrjemine, herrjemine! Nun verlierst du noch ganz den Verstand! Der Schneider ist ein Teufel und der Herrgott wird ihm die gerechte Strafe bringen. Du leg dich wieder schlafen!«

Der Traum hatte beim Schulzen eine neue Hoffnung geweckt, auch wenn er nicht mehr an die alten Götter, wie Ägir und Rán glaubte, von denen die Alten manchmal erzählten, wenn der Pfarrer nicht in der Nähe war.

Seiner Frau zuliebe ging der Schulze Fiete Brehmer weiterhin aus dem Weg. Doch immer, wenn er abends vom Pfarrer kam, blickte er über den Bodden hinaus und fragte sich, ob Rán schon bald ihre Rache nehmen würde. Stets sah er den hellen Schein auf dem Wasser, wo der angebliche Schneider wieder und wieder sein verbotenes Handwerk trieb. Doch eines Abends geschah etwas Seltsames. Er dachte erst, der Winternebel narre ihn und das zweite Feuer, das er entdeckte, war nur die Spiegelung des ersten. Er kniff die Augen zusammen, um besser sehen zu können. Und da – nein, das konnte kein Irrtum sein, leuchtete ein zweites Feuer heller als das erste im Bug der Schaluppe. Das rote Segel brannte! Er sah auch, wie ein Mann auf der Schaluppe versuchte, das Feuer zu löschen. Doch das Segel brannte, als würde die Flamme künstlich am Leben gehalten. Schließlich fiel es in Fetzen herab und nun fing auch das Boot an zu brennen. Plötzlich ertönte ein lauter Schrei, als brüllte ein Ungeheuer. Dann barsten die Planken und die Schaluppe brach entzwei. Der vordere Teil versank, der hintere folgte ihm. Und mit dem Boot ging auch der falsche Schneider unter.

Der Schulze stand wie festgenagelt und starrte hinaus auf den Bodden. War das Ráns Rache oder doch die gerechte Strafe Gottes? Zum Jubeln war dem Schulzen dennoch nicht zu Mute angesichts des grausigen Schauspiels auf dem Wasser.

In Wustrow aber kehrte endlich wieder Ruhe ein. Über Fiete Brehmer redeten die Leute nicht mehr viel. Nur ein nüchternes »Er hätte das Blüsen mal lieber sein lassen sollen« konnte man von dem ein oder anderen hören. Im Frühjahr fuhren wieder alle gemeinsam zum Heringfang hinaus und die Kinder sangen ihren Reim.

Hüsse, büsse, lewes Kind,
Vatter de fängt Hiring;
Mutter de sitt an den Strand,
Vatter de kümmt bald an Land
Mit en Föder Hiring!

Alles war wieder beim Alten. Als im Sommer ein mageres Männlein nach Wustrow kam und sagte, dass es Schneider sei und Arbeit suche, wiesen es die Wustrower dankend ab. »Nein, von Schneidern haben wir in Wustrow genug.«

Drei Könige im Forsthaus zu Born

Der Darß ragt an seinem südlichen Teil weit ins Binnenwasser hinein und wird vom Saaler Bodden und vom Wasser des Bodstedter Boddens umspült. Dort an der südlichsten Spitze liegt Born, ein kleiner Ort, von dem aus man bei gutem Wetter die Kirchspitze von Michelsdorf auf dem Festland sieht. Der Darßer Wald schützt den Ort vor den Stürmen, die übers Meer gegen die Halbinsel jagen. Es lebt sich in Born an der Boddenseite ruhiger als in Ahrenshoop oder Prerow direkt am Meer.

Doch nicht nur vor Stürmen, auch sonst hatte man in Born für gewöhnlich seine Ruhe. Wollte man von Ahrenshoop das Dorf erreichen, konnte man den Weg über die Wiesen nehmen, was aber nur im trockenen Sommer ratsam war, wenn nicht moorige Rinnen die Landschaft durchzogen, oder im Winter, wenn der Frost den Boden festigte. Zu allen anderen Zeiten blieb nur der Umweg durch den Darßer Wald. Der Weg war zwar doppelt so lang, doch war es weder Moor noch Sumpf und man konnte trockenen Fußes am Ziel ankommen. Nur nachts, so hieß es, solle es in dieser Gegend spuken. Ein Gespenst treibe sein Unwesen, das die Menschen gern in die Irre führe und die fänden nie mehr aus dem dichten Wald heraus. Man sagte, es sei der Geist des alten Oberförsters, der einst in der Nacht den Pfad verlor und für immer verschwand.

Schon mancher war von Ahrenshoop nach Born aufgebrochen und nie angekommen, andere Glücklichere traf man in Prerow wieder an.

Die Bauern und Fischer von Born mieden also den Darßer Wald zwischen ihrem Ort und Ahrenshoop. Wer vom westlich gelegenen Ahrenshoop oder Althagen kam, nahm lieber den Weg über die Wiesen oder ging schon früh los, um vor Einbruch der Dunkelheit anzukommen. Die Prerower nahmen den Weg über Wieck und danach durch die Kuckuckswiesen. Allzu oft wollte man diese Beschwerlichkeiten aber nicht auf sich nehmen.

Am Rand von Born dicht am Wald befand sich die Försterei. Mitunter ging es dort hoch her, wenn im Herbst die Fürsten, Grafen und Barone der nahen und weiteren Umgebung nach der Jagd im wildreichen Darßer Wald Einkehr im Forsthaus hielten und dem Wein ausgiebig zusprachen. Über die Spukgeschichten vom Gespenst machten die feinen Herren ihre Witze.

Zu einer Zeit, als gerade Krieg herrschte, begingen drei Könige, deren Reiche an die Ostsee grenzten, gemeinsam nach erfolgreicher Jagd in der Försterei ein rauschendes Fest. Während ihre Soldaten gerade eine Schlacht gegen die Armee des schwedischen Königs führten, gingen die drei hohen Herren lieber auf Hirsch-, Reh- und Wildschweinjagd. Elf Hirsche, ein Dutzend Rehe und sieben Wildschweine blieben auf der Strecke. Da beschlossen die Hoheiten so lange im Forsthaus zu bleiben, bis auch das letzte Stück Wildfleisch verzehrt wäre. Und weil man nicht vom Braten zu sich nehmen kann, ohne die Bissen flüssig zu machen, floss der Wein in Strömen. Derweilen suchten sie in großspurigen Schilderungen ihres Reichtums einander zu übertreffen.

»Ich«, behauptete der erste König, »besitze so viel Gold und Edelsteine, dass das Gewicht eures Reichtums wie ein Fliegenschiss auf der Waage erscheint.«

»Ich«, behauptete der Zweite, »habe eine Flotte, die alle Bürger deines Landes auf einmal davontragen könnte, wobei die Hälfte der Schiffe leer versegelt würde.«

»Ich«, behauptete schließlich der Dritte, »habe so viele Soldaten unter meinem Befehl, dass eure Länder kniehoch unter Wasser stünden, wenn die einmal geschlossen pinkeln gingen!«

Hei, gingen die Humpen reihum, bis der Boden des Fasses bedenklich durch den Rest des Weines schimmerte.

»Förster!«, befahl der dritte König dem Hausherrn.

»Bringe Er ein neues Fass.«

»Herr, der Keller ist leer«, erwiderte der junge Förster ängstlich.

»Dann sieh zu, dass du nach Ahrenshoop kommst, Kerl!«, verlangte der Erste. »Der Pfarrer wird doch noch etwas Messwein für drei durstige Kehlen erübrigen können!« Was von den beiden anderen mit dröhnendem Gelächter quittiert wurde.

Der Förster erschrak und versuchte vergeblich, die Forderungen seiner Gäste abzuweisen, denn er hätte durch den Wald gehen müssen, wo schon einer seiner Vorgänger vom Gespenst in die Irre geführt worden war. Es war bereits später Abend und ein kalter Mond nahm seine Bahn auf.

»Das sind die Nächte, in denen das Gespenst umgeht und seine Opfer sucht«, erklärte der Förster, denn er wollte Zeit gewinnen und erst am nächsten Morgen für Nachschub sorgen. Doch damit rief er nur den Zorn der mächtigen Herrscher hervor. Schon drohten sie, ihn wegen Gehorsamsverweigerung einsperren zu lassen.

Was blieb dem Mann anderes übrig, als zu gehorchen? Vorsichtshalber nahm er seine Flinte mit, um sich gegen das Gespenst zu schützen. Aber welches Gespenst lässt sich durch eine Flinte erschrecken, wenn die Kugel doch nur wie ein Lufthauch durch ein offenes Fenster fliegt?

Eigentlich war der Förster kein ängstlicher Mensch. Er hatte aber nur die Wahl zwischen einer unheimlichen Begegnung mit dem Gespenst und dem Zorn seiner ungebetenen Gäste. Das eine war so schlimm wie das andere.

Er gehorchte ungern, aber er machte sich auf den Weg. Langsam drang er immer tiefer in den Wald, wobei er verzweifelt nach einem Ausweg aus seiner bösen Lage suchte. Not macht erfinderisch, heißt es.

Als er eine knorrige Eiche erreichte, hörte er merkwürdige Geräusche und erschrak fürchterlich. War da nicht ein Klappern, ein Scheppern, ein Klirren, wie von Metall, dass durch tiefes Blattwerk scharrte? Er versuchte im Schein des Mondes die Ursache der Geräusche zu ergründen. Aber nichts war zu sehen. War es das Gespenst, dass ihn narrte … oder wollte es ihm gar helfen? Denn mit den Geräuschen kam ihm die rettende Idee!

Es war nicht das Geräusch einer Rotte durchbrechender Wildschweine. Da pfiff auch kein Sturm durch die Wipfel. Es klang, als rücke eine Armee im Schutz der Bäume an. Eine Armee! Das wäre die Lösung. Da drehte sich der Förster wie ein Soldat auf den Befehl »Kehrt, marsch!« um und hörte noch im Fortlaufen ein zufriedenes Lachen aus dem Wald hallen, welches ihm erneut einen Schauer über den Rücken jagte. Nein, durch den Wald, da durfte niemand in der Nacht wandern! Und so rannte er den bereits zurückgelegten Weg wieder heimwärts zum Forsthaus so schnell er konnte.

Dort kam er atemlos an und stolperte aufgeregt mit den Armen fuchtelnd und Entsetzen zeigendem Gesicht in den Raum, wo die drei Könige gerade den letzten Rest aus dem Fass in ihre Humpen gegossen hatten. Dass das Gespenst dort sein Unwesen trieb, würden sie ihm nie glauben. Aber die Armee, damit konnte er sie aus seinem Haus vertreiben und sein Leben retten!

»Die Schweden!«, rief der Förster, als sei der Leibhaftige hinter ihm her.

»Die Schweden kommen! Eine ganze Armee! Ich habe sie gesehen. Sie sind schon im Darßer Wald. Rette sich, wer kann!«

Verblüfft sahen ihn die drei Herrscher an.

»Was kümmern mich die Schweden?«, behauptete einer der betrunkenen Könige verärgert, weil der Förster ohne den geforderten Wein zurückkehrte.

»Die Schweden!", höhnte ein anderer. »Die sollen mir mal im Mondschein begegnen!«

»Hast du dich von deinem Waldgespenst ins Bockshorn jagen lassen, Förster? Wozu trägst du eine Flinte auf dem Rücken?«, fuhr ihn der dritte König an. Aber der Förster beharrte auf seiner Behauptung.

»Majestäten, eine Armee, eine ganze Armee schwedischer Soldaten kommt heran. Ich habe die Kanonen im Mondlicht blinken sehen und die langen Bajonette an den Musketen. Sputet euch, durchlauchtigste Hoheiten! Ein Boot liegt an meinem Steg bereit. Der Fährmann bringt euch über den Koppelstrom nach Michelsdorf in Sicherheit. Aber beeilen müsst Ihr euch. Ihr wisst, der Schwede kennt keine Gnade. Flieht, bevor sie das Forsthaus erreicht haben. Dann ist kein Halten mehr. Ich flehe Euch an, flieht!«

Der Förster spielte das Entsetzen mit solcher Überzeugungskraft, dass die Drei ihr Gelage aufgaben und in aller Eile ihre Habe zusammenrafften, um von ihrem Gastgeber geführt zum Ufer zu eilen, wo tatsächlich ein Boot für sie bereit lag.

Einer suchte den anderen zur Seite zu stoßen, um der erste an Bord sein zu können. Wenn sie den Schweden in die Hände fielen, das wussten sie sehr wohl, würden diese keine Gnade kennen.

Der Fährmann setzte die Segel. Eine leichte Bö erfasste das Tuch. Der Förster schob das Gefährt ungeachtet des kniehohen Wassers mit aller Kraft an und atmete erleichtert auf, als das Boot Fahrt aufnahm und mit den unliebsamen Königen entschwand.

Als die Flüchtenden weit genug vom Ufer entfernt waren, drehte sich der Förster um und ging erleichtert nach Hause, wo ihn seine Frau aufgeregt empfing.

»Wo sind die Soldaten?«, fragte sie verängstigt, denn eine schwedische Armee war nicht besser als drei trinkende und prassende Könige.

»Wer?«, fragte er scheinbar überrascht.

»Die Schweden!«

»Welche Schweden?«

Da begriff die Frau die List ihres Mannes. Noch am selben Abend machte sie sich mit ihrer Magd daran, das Haus wieder herzurichten.

Könige pflegen keinen Besen in die Hand zu nehmen und was vom Tisch fällt, tritt sich fest. Doch welche Rolle der Spuk im Darßer Wald gespielt hatte, behielt der junge Förster sein Leben lang für sich.

Die Wafelhexe von Prerow

Als Fischland-Darß-Zingst noch eine zerklüftete Inselgruppe zwischen Bodden und offenem Meer war, schlängelte sich der Prerowstrom quer durch das Land. Wehte der Wind vom Meer her, floss das Wasser zum Bodden hin, wehte er von Süd, nahm der Strom den umgekehrten Weg. Im Laufe der Jahre wurde er jedoch vom Sand zugeschwemmt. Seither ist der Zingst fester Bestandteil der Halbinsel Fischland-Darß-Zingst. Dort, mitten am Strom, liegt auch heute noch der Ort Prerow.

Einst lebte in Prerow eine alte Frau, der die Menschen des Ortes zwar mit Respekt, aber auch mit viel Misstrauen begegneten, denn sie mied den sonntäglichen Gang in die Kirche, wie es eigentlich Brauch in Prerow war. Das reetgedeckte Häuschen der Alten stand am Ende des Ortes auf der Darßer Seite und so konnte man ihr gut aus dem Weg gehen. Die Frau besaß eine besondere Gabe: sie konnte wafeln. Wafeln ist die Fähigkeit, Ereignisse, besonders Unglücke aller Art vorauszusagen: zum Beispiel Krankheit und Tod, Schiffbruch und Unwetter, anhaltende Dürre, Feuersbrünste und Sturmfluten. Deshalb nannte man sie die Wafelhexe.

Den Leuten war sie unheimlich. Einmal sagte die Wafelhexe voraus, dass es ein großes Fischsterben geben würde. Drei Tage später trieben hunderte tote Heringe mit dem Bauch nach oben auf dem Wasser. Ein andermal sagte sie, dass der Fährmann in einen tiefen Schlaf fiele. Bald darauf stürzte er beim Übersetzen in seinem Kahn, schlug mit dem Kopf gegen die Bordwand seiner Fähre und lag drei Tage ohnmächtig auf seinem Strohsack. Aus Angst, sie sei nicht nur Überbringerin, sondern gar Verursacherin der Unglücke, mieden die Leute die Wafelhexe.

Eines Tages aber gab es ein großes Unglück. Die Wafelhexe behauptete mit warnend erhobenem Zeigefinger, ein seltsames Gebilde, dem Umriss eines Schiffes ähnlich, im Nebel auf dem Wasser gesehen zu haben, die Masten gebrochen, das Tauwerk gerissen, die Deckaufbauten verwüstet. Sie verkündete mit düsterer Stimme:

»Es wird geschehen. Ich hab's euch gesagt!«

Die Leute wollten dem Spuk nicht glauben. Doch nur eine Woche später versank ein englisches Handelsschiff mit Mann und Maus in den Fluten.

Wirklich ernst nahmen sie nicht, was die alte Frau ankündigte, denn sie fürchteten sich mehr vor ihrer Gabe zu wafeln als vor den Gefahren, von denen sie berichtete.

Als sie eines Tages ins Dorf kam und mit warnender Stimme erzählte, dass es ein böses Wetter geben würde, schlugen die Leute, die Christen waren, ein Kreuz vor der Brust, um die Warnung der Wafelhexe von sich abzuhalten. Aber stürmisches Wetter, nun, das fürchteten sie nun gar nicht. Wer so dicht am Meer lebt, hat gelernt, mit Sturm und Sturmflut umzugehen.

»Lass die Alte wafeln«, sagten sie.

»Es wird schon nicht so schlimm kommen.«

Im Herbst stürmte es häufig. Das war man gewohnt und eigentlich waren die Prerower auf heftige Unwetter vorbereitet. Also schlossen sie die schweren Fensterläden mit den Sturmhaken und zurrten die Boote fester an die Poller als sonst. Und niemand hörte auf die Warnungen der Wafelhexe.

»Es wird geschehen. Nehmt euch in Acht!«

Gewaltige Stürme trieben das Wasser der Nordsee in die Ostsee, wo es sich zu bedenklicher Höhe staute. Doch zunächst schwächte der Sturm wieder ab und es schien, als wäre alles gut gegangen. Die ersten Prerower öffneten die Läden ihrer Fenster schon wieder, wenngleich der Blick in den wolkenschweren Himmel manchen an die Warnung der Wafelhexe erinnerte. Die Fischer trugen ihre Netze in die Boote und machten sie zum Auslaufen klar.

Plötzlich schlug der Wind um und trieb am östlichen Ende der See bei Reval die aufgestauten Wassermassen in riesigen Wellen zurück, auch gegen das Darßer Ufer. Die Sonne ging an diesem Tag nicht auf. Finstere Wolken wie die Fäuste von Riesen jagten über den Himmel. Die Fensterläden schlugen den Prerowern gegen die Hauswände. Die Boote und Schiffe riss es aus den Verankerungen. Schwere Eichen krachten zu Boden. Das Reet flog von den Dächern. Es heulte und pfiff und schrie. Die Leute fürchteten um ihr Leben und verschanzten sich in den Häusern. Und dann kam die Flut wie ein gewaltiges Ungeheuer. Mächtige Wellen, höher als jedes Haus in Prerow, rollten heran, zerschlugen die meisten Boote, prallten gegen die Hauswände wie Hämmer aus der Höllenschmiede.

Wrackteile großer Schiffe flogen Geschossen gleich durch die Luft und zertrümmerten die dem Strand am nächsten stehenden Häuser.

»Rette sich, wer kann!«, wurde gerufen, aber hören konnte es niemand. Es war auch längst zu spät.

Inmitten des Unglücks ging jemand durch den Ort, als geschähe kein Unheil rundum. Es war die Wafelhexe. Bekümmert schüttelte sie ein ums andere Mal den Kopf und murmelte traurig:

»Ich hab's euch doch gesagt. Ich hab's euch doch gesagt.«

Der Sturm schien ihr nichts anzuhaben. Die Flutwellen teilten sich vor ihr und schlugen hinter ihr wieder zusammen. Trockenen Fußes gelangte sie bis an die Stelle, wo sonst der Prerowstrom den Darß vom Zingst teilte. Aber da war kein Strom mehr zu sehen.

Die alte Frau blickte hinüber zu der aus Backstein errichteten Kirche auf dem Zingster Hügel. Der Sturm hatte große Flächen des mit Schindeln gedeckten hölzernen Turmes weggerissen, aber der Turm stand noch. Im oberen Turmfenster erkannte sie den Pfarrer, der die Arme schützend gegen den Sturm und die Flut hielt, als wolle er die Elemente beschwören einzuhalten.

»Es ist zu spät«, flüsterte die alte Frau. »Es ist zu spät.«

Die halbe Nacht und den ganzen nächsten Tag bis in die späten Abendstunden hinein raste die Sturmflut übers Land. Sie hatte eine solche Gewalt, dass sie das ganze Land neu formte. Die Kanäle und Gräben zwischen den zahlreichen kleinen Inseln, die zuvor der Darß gewesen waren, waren zugeschwemmt und bildeten nun ein Ganzes. Um auf den Zingst zu gelangen, brauchte es keines Fährmanns mehr, der in seinem Boot von der Flut überrascht und mit ihr fortgespült worden war.

Als die Wafelhexe in ihrer von Unheil verschonten Hütte angekommen war, machte sie ein Feuer, denn von der kalten Nacht draußen in Prerow fror sie heftig. Ermattet schlief sie auf ihrer Strohschütte ein. Doch am nächsten Tag war das Haus der Wafelhexe bis auf die Grundmauern niedergebrannt, trotz der Flut und allen Wetters.

Man munkelte, ein Blitz sei in die Hütte eingeschlagen. Auf ihm ritt die Wafelhexe, auf deren Warnungen die Leute nicht gehört hatten, durch den Schornstein gen Himmel davon und ward nie mehr gesehen.

Manchmal, wenn der Wind besonders heftig über die Ostsee aufs Land pfeift, da hört man es in Prerow in allen Ecken flüstern und wispern:

»Es wird geschehen. Ich hab's euch gesagt!«

Sodass die Prerower gewarnt sind und eiligst ihre Häuser sichern, damit ein Unglück wie damals nicht wieder geschehe.

Die Jungfrau von der Hertesburg

Einst machten die berüchtigten Seeräuber Klaus Störtebeker und Gödeke Michels und ihre Mannen die Ost- und Nordsee durch ihre Überfälle auf Kauffahrerschiffe aus aller Herren Länder zu gefährlichen Gewässern. Kein dänisches oder lübeckisches Schiff konnte die Seewege nach England und Holland, aber auch nach Schweden und weit bis St. Petersburg passieren, ohne Gefahr zu laufen, den Piraten in die Hände zu fallen. Die Piraten hatten allerlei Tricks auf Lager und machten sich zunutze, dass Kauffahrer fremde Gewässer nicht gut kannten. Denn dadurch liefen sie Gefahr, mit ihren Schiffen auf Grund zu laufen, wenn sie dem Ufer zu nahekamen.

So befahl Störtebeker seinen Männern zum Beispiel, den Kühen nachts Laternen an die Schwänze zu binden und sie am Strand hin- und herzujagen. Die Seeleute der vorbeifahrenden Schiffe wurden davon so stark irritiert, dass sie den Kurs verloren, aufliefen und damit zu leichter Beute wurden.

Die wertvollen Ladungen – Gold und Silber, teures Tuch oder fremdländische Gewürze – wurden erbeutet.

Das meiste davon verkauften die Piraten dank eines königlich-schwedischen Kaperbriefs in Wismar oder brachten es in ihre zahlreichen Verstecke entlang der Ostseeküste und den umliegenden Inseln. Was sie nicht verkauften oder versteckten, teilten sie untereinander auf, weshalb sie sich »Likedeeler«, also Gleichteiler, nannten.

Zeitweise hatte sich Störtebeker mit einem Teil seiner Mannschaft in der nahe Prerow befindlichen Hertesburg in jenem bewaldeten Gebiet versteckt, welches nach dem Flüsschen Ellerbeek benannt wurde – das bedeutetet Erlenbach. Noch heute sind der ringförmige Wall und der einstige Wassergraben zu sehen.

Noch immer, so munkeln die Inselbewohner, sei ein Teil der geraubten Schätze in einem Versteck zwischen Prerow und Zingst verborgen. Eine verwunschene Jungfrau bewache das geraubte Gut irgendwo unter der Hertesburg, denn diese hatte Störtebeker einst wegen ihrer Schönheit verschont und zu seinen Diensten behalten. Damals soll er ihr befohlen haben:

»Von nun an bewache meine Schätze unter der Hertesburg. Ich kehre am Johannistag zum Strand zurück und nenne dir die Losung: Grüß Gott, liebe Jungfrau. Was schaffst du gerade? Dann wirst du wissen, dass ich es bin. Gib niemanden sonst den Standort der Schätze preis.«

Also erwartete sie dort geduldig seine Rückkehr. Am nächsten Johannistag lief sie zum Strand, wusch die Wäsche in der See und wartete. Doch Störtebeker kehrte nie zurück, denn er starb, ehe er es vermochte, zur Hertesburg zurückzukehren. Und so wartet sie noch heute, heißt es, denn der Befehl lastet wie ein Fluch auf ihr.

Sie könne die Freiheit nur erlangen, wenn am Johannistag, am 24. Juni, ein junger unverheirateter Bursche des Weges käme, der sie mit folgenden Worten erlösen sollte:

»Grüß Gott, liebe Jungfrau. Was schaffst du gerade?«

Denn just an jedem Johannistag begibt sie sich mit einem Korb voll Wäsche an den Strand, um sie in der See zu waschen. Alle anderen Tage des Jahres verbringt sie in ihrem unterirdischen Verlies bei Gold und Silber und Edelsteinen. Nun soll es geschehen sein, dass manch junger Bursche durch den Wald am Ellerbeek streifte. Viele behaupteten das Mädchen mit dem großen Wäschekorb gesehen zu haben, aber der eine fragte:

»Jungfer, kann ich dir tragen helfen?« und ein anderer begrüßte sie mit den Worten: »So eine Fleißige hätte ich gern zur Frau.«

Ein dritter fragte vielleicht nach dem kürzesten Weg bis Prerow oder Zingst. Aber es kam niemand, der die richtige Frage stellte, mit der er sie erlösen konnte. Er hätte damit nicht nur eine schöne Maid zu seiner Braut gemacht, sondern wäre auch unendlich reich mit dem Gold Störtebekers geworden.

Einmal kam wieder ein junger Bursche am Johannistag in die Gegend. Er entdeckte das Mädchen und schüttelte den Kopf wegen der schweren Last, die sie zum Wasser trug.

»Warte, Mädchen, ich helfe dir.«

Das war nicht der Satz, den sie erwartete, aber der Junge gefiel ihr und so erlaubte sie, dass er den einen Henkel des schweren Wäschekorbes ergriff. Schweigend wusch sie ihre Wäsche, während der Bursche pfeifend aufs Wasser hinausblickte.

Als sie mit der Wäsche fertig war, sahen sie einander erwartungsvoll an. Weil sie auch ihm gut gefiel und weil er sie näher kennenlernen wollte, bat er um Erlaubnis, sie bis zu ihrer Haustür begleiten zu dürfen. Als er das gesagt hatte, setzte sie den Korb ab und seufzte kaum hörbar.

»Siehst du den Hirsch dort hinten?“«, fragte sie mit trauriger Stimme. Er drehte sich um und blickte suchend ins Gehölz. Aber da war kein Hirsch.

»Ich sehe keinen…«, er stockte mitten im Satz. »Hirsch« wollte er sagen, doch als er sich zu ihr umdrehte, war weder sie noch der Wäschekorb dort, wo beide eben noch gewesen waren.

Erst dachte er, sie wolle Verstecken mit ihm spielen, wie das Verliebte manchmal tun, doch er sah sie nirgendwo und auf sein Rufen bekam er keine Antwort. Nicht einmal ihren Namen wusste er, dass er im nächsten Ort hätte nach ihr fragen können.

Einen Tag lang hoffte er, ihre Spur wiederzufinden und suchte den ganzen Wald nach ihr ab. Darüber wurde es Abend und gleich darauf Nacht. Da hatte er sich im Wald verirrt und fand nie mehr heraus.

Die Wundereiche von Barth

Verlässt man die Stadt Barth in westlicher Richtung zum Darß hin, um schließlich nach Planitz zu gelangen, erreicht man das Barther Stadtholz, wo einst zahlreiche Eichen und Buchen gestanden haben. Dort soll es eine Eiche geben, die über eine wundersame Heilkraft verfügte.

Leider ist viel von dem in Vergessenheit geraten, was heilkundige Frauen und Männer einst an Wissen über die Kräfte der Natur besaßen. Zum Beispiel wusste man früher viel besser Bescheid als heute, mit welchen einfachen Mitteln manche Krankheit zu heilen war. So kann man aus Samen, Blüten oder Knollen wertvolle Tinkturen, gegen schmerzende Knochen, Fieber und an was man sonst so leiden kann, herstellen. Selbst aus der Rinde so mancher Bäume lässt sich ein Sud brauen, der die Lunge stärkt. Gegen alle Beschwerden und Nöte ist nämlich immer ein bestimmtes Kraut gewachsen. Nur gegen Dummheit, sagen die Leute, gegen Dummheit ist noch kein Kraut gewachsen.

Manchmal reicht auch der feste Glaube, um Genesung zu erlangen. Denn guter Rat ist teuer und die Heilkundler wollten gut bezahlt sein. Also gingen die Menschen in ihrer Not zur Wundereiche im Barther Stadtholz. Es hieß, dass es mit der Eiche etwas Besonderes auf sich habe. Eine eigenartige Wuchsform des Stammes in Verbindung mit einem starken Ast leistete dazu einen entscheidenden Beitrag. Durch die Laune der Natur bildeten Stamm und Ast so etwas wie ein kleines Tor, durch das gerade mal eine Person passte. Wenn man sich, wurde erzählt, durch dieses Baumtor zwängte, blieb alle Krankheit an der groben Rinde von Stamm und Ast hängen und man verließ den Durchgang als ein gesunder Mensch.

Ein alter Mann aus Planitz, der fast sein ganzes Leben an Krücken gegangen war, um sich vorwärts bewegen zu können, hörte von dieser Wundereiche. In seiner Not begab er sich, mühsam auf seine Gehhilfen gestützt, früh am Tag zum Wunderbaum, wo er sich erschöpft auf die schmerzenden Knie sinken ließ und hinauf zum Astloch starrte.

»Wie soll ich da nur hinaufkommen?«, dachte er bei sich. Aber sein Wille war stark und was hatte er schon zu verlieren? Richtig laufen, ja, das konnte er sowieso nicht. Was würde schon passieren, würde er abstürzen?

Er stützte sich auf seine Gehhilfen, um aufzustehen, griff mit der linken Hand nach dem Ast über seinem Kopf und dann auch mit der rechten. Beide Krücken fielen zu Boden. Mit aller Kraft, die er aufbringen konnte, zog er sich mit seinen starken Armen hinauf. Da saß er in dem winzigen Tor und musste nur noch seine lahmen Beine hindurch schwingen.

Er zwängte sich unter Ächzen hindurch und ließ sich sogleich am Stamm wieder hinuntergleiten. Tief durchatmend sackte er auf dem Waldboden zusammen und schaute triumphierend durch das Blätterdach in den azurblauen Himmel. Er freute sich darüber, was er vollbracht hatte. Und mit einem Mal hatte der Mann das Gefühl, die Schmerzen in seinen Gliedern ließen nach, ja, schienen fast gänzlich verschwunden zu sein. Er konnte ohne die Hilfe seiner Krücken aufstehen. Noch auf unsicheren Füßen machte er die ersten Schritte. Und siehe da, er konnte endlich richtig gehen. Da warf er erleichtert die Krücken weg, die an einem unteren Ast der Eiche hängenblieben.

Als der einst Lahme aufrecht gehend in sein Dorf zurückkam, staunten die Leute nicht schlecht, denn sie kannten den Alten nur als Krüppel mit Krücken.

»Wo hast du denn deine Krücken gelassen?«, fragten sie ihn erstaunt. Der alte Mann reckte sich, machte den Rücken gerade und sagte:

»Ihr findet sie am unteren Ast der Eiche im Barther Stadtholz. Und da sollen sie auch bleiben, denn ich brauche sie nicht mehr.«

Da machten sich die Leute auf den Weg, um den beschriebenen Baum zu finden. Und tatsächlich, an dem untersten Ast baumelten die Krücken des alten Mannes. Die Kunde von der heilenden Wirkung der Eiche machte schnell die Runde. Wer sich krank fühlte oder schon länger mit einem Leiden zu kämpfen hatte, begab sich voller Hoffnung zur Wundereiche.

Viele Jahre später hörte ein Schäfer aus Pruchten, der seine Herde auf den Wiesen in der Nähe des Barther Stadtholzes grasen ließ, von diesem wundersamen Baum.

Ihn begleitete sein treuer Hund Bello, der aber schon in die Jahre gekommen war und dem es nicht mehr so leichtfiel, die störrischen Schafe zusammenzuhalten. Er war eben nicht mehr der Jüngste und die Knochen schmerzten ihm. Als der Schäfer in die müden Augen seines Gefährten blickte, dachte er sich:

»Wenn diese Wundereiche Menschen heilt, warum dann nicht auch Tiere?« Also nutzte er die Gelegenheit, als er in der Nähe des Forsts unterwegs mit Hund und Herde war, den Baum aufzusuchen. Er fand ihn schnell, denn es war die wohl größte und älteste Eiche weit und breit.

»Einen Versuch ist es wert«, sagte der Schäfer und half seinem Hund, sich durch das torähnliche Schlupfloch zu zwängen. Der Hund wusste zwar nicht, was das bedeuten sollte, aber da es sein Herr so wollte, tat er ihm den Gefallen. Er sprang und landete etwas unsicher und jaulend wieder auf seinen vier Pfoten. Interessiert betrachtete der Schäfer seinen Hund und befühlte ihn an den Gelenken. Enttäuscht drehte er sich nach dem Baum um.

»Da ist nichts, du knorrige Eiche. Weiß der Leibhaftige, was sich die Leute ausgedacht haben. Heilt auch Gicht! Na, das müsste der Hund doch gespürt haben.«

Enttäuscht trottete er missmutig wieder zurück zu seinen Schafen. Der alte Hund folgte ihm mühsam. Der Baum schien seine Zauberkraft verloren zu haben.

Noch heute kann man die Eiche mit der seltsamen Öffnung bestaunen, leider ohne Heilkraft, wie schon Bello erfahren musste. Aber vielleicht war es einfach der Glaube an ein Wunder gewesen, das sich manch Armer und Beladener gewünscht hatte, um seiner Sorgen ledig zu werden. Und einen so festen Glauben, finden wir gewiss bei Tieren selten.

Die Bernsteinsammlerin

Der golden glänzende Bernstein[14], den man vor langer Zeit noch häufig an den Stränden der Ostsee finden konnte, strahlt bis heute eine magische Anziehungskraft auf den Menschen aus. Früher hielt man das über Jahrtausende verhärtete Baumharz für einen kostbaren Edelstein und glaubte, dass im Gold des Meeres geheime Kräfte wohnen. Besonders den Steinen, in denen sich etwas zu verbergen schien, wurde eine magische Wirkung zugesprochen. Die alten und weisen Frauen, die ebenfalls über magische Kräfte verfügten, woben geheimnisvolle Geschichten um den Bernstein.

Noch heute erzählt man sich von einer alten Frau aus Zingst, die über ein besonders wertvolles Stück Bernstein verfügte, das fast so groß wie eine Kinderfaust war und in dem sich ein seltsam geformter Einschluss befand. Da mit, so sagte man, könne sie jede Kinderkrankheit heilen. Deshalb klopfte auch Anna Breedenbrügger eines Tages an ihre Tür. Annas kleiner Sohn war gerade einmal drei Jahre alt und weinte seit Tagen unaufhörlich. Kein Arzt und kein guter Rat konnten das Weinen des Kindes stoppen. Doch die Dienste der weisen Frau mussten bezahlt werden und Anna Breedenbrügger war so arm, dass sie nicht einen Taler übrighatte. Da schlug die weise Frau Anna einen Handel vor: sie sollte so viel Bernstein sammeln, dass sie das Gewicht ihres Kindes aufwiegen konnte.

14 Bernstein bezeichnet einen seit Jahrtausenden bekannten und insbesondere im Ostseeraum weit verbreiteten klaren bis undurchsichtigen gelben Schmuckstein aus fossilem Harz. Das Harz ist aufgrund seines Alters so hart, dass es wie ein Edelstein bearbeitet werden kann. Manchmal finden sich in diesem Harz uralte Einschlüsse aus der Frühzeit, zum Beispiel Insekten oder Pflanzenteile. Denn wenn das Harz den Baum hinunterrinnt, nimmt es so Manches auf seinem Weg auf ehe es verhärtet.

Anna hätte zu allem Ja gesagt, wenn nur ihrem Sohn endlich geholfen würde und so ging sie auf den Handel ein. Die weise Frau nahm ihr den nun noch lauter schreienden Sohn aus den Armen und befahl Anna vor die Tür zu treten. Noch bevor die junge Mutter die Hütte verlassen hatte, kramte die Alte ihren größten Bernstein hervor und hielt ihn so gegen eine Kerze, dass er aussah, als wäre er aus purem Gold. Anna schaute wie gebannt auf den funkelnden Stein und es sah aus, als würde in seinem Inneren ein lachender Kobold sitzen.

»Husch, husch!« scheuchte die weise Frau Anna aus ihrer Hütte.

»Wenn die Magie wirken soll, muss ich meine Ruhe haben!«

Die junge Frau trat wie befohlen vor die Tür. Auch hier draußen hörte sie noch immer das klägliche Weinen ihres Kindes. Sie machte sich große Sorgen um ihren Sohn, doch langsam mischte sich auch die Angst darunter. Wie sollte sie nur eine solche Menge Bernstein, wie es die alte Frau gefordert hatte, sammeln? Wurden ihre Arme vom Tragen des Kindes doch schon bald müde. Solch ein Menge Bernstein lag nicht einfach irgendwo am Ufer des Meeres herum. Da würde sie viele Morgen strandauf strandab laufen und suchen müssen und das, ohne vom Strandvogt entdeckt zu werden.

Die reichen Kaufleute und mit ihnen der König hatten längst begriffen, welchen Reichtum sie mit Bernstein besitzen konnten. Und den wollten sie nicht mit einfachen Fischern und Bauern teilen, die den Bernstein zwischen ihren Netzen fanden. So verfügten sie:

»Jeder, der Bernstein findet, muss ihn unverzüglich beim Strandvogt abgeben.« Nur Wenigen war es durch eine königliche Lizenz erlaubt, den Bernstein zu sammeln. Und selbst dann musste man ihn für einen schmalen Taler an den Strandvogt verkaufen. Zuwiderhandlungen wurden hart bestraft.

All dies hatte Anna verdrängt, als sie der weisen Frau ihr Wort gegeben hatte, und es wurde ihr nun umso deutlicher bewusst, worauf sie sich eingelassen hatte. Sie begann plötzlich zu zittern, als ein fröhliches Glucksen sie aus ihren Gedanken riss. Die weise Frau stand mit ihrem fröhlich lachenden Jungen plötzlich neben ihr.

»Hier! Nun kannst du zurück zu deiner Mama«, säuselte die alte Frau, während Annas Sohn die Arme nach ihr ausstreckte. Das Lachen ihres geliebten Kindes gab Anna neuen Mut.

Die junge Mutter war überglücklich und küsste der alten Frau dankbar die Hand, in der sich noch immer der Bernstein befand. Dann machte sie sich wieder auf den Heimweg. Welche Kraft, fragte sie sich, muss in diesem Zauberstein liegen, dass mein Sohn so schnell genesen und nun schmerzfrei ist? Vielleicht würde diese Magie ja auch sie schützen, wenn sie der weisen Frau ihren verdienten Lohn brachte.

Schon am nächsten Tag ging Anna Breedenbrügger in aller Frühe an den Strand. Die Sonne war noch nicht über den Horizont gestiegen. Es war dunkel, doch Anna hatte Glück. Die See war vom Nordwestwind aufgewühlt und hatte neben Treibgut auch viele Bernsteine angespült. Sie wurde schnell fündig, wenn es zunächst auch nur kleine Stücke waren, die sie fand. Anna wog die Ausbeute in der Hand. Bernstein ist sehr leicht. Sie würde oft an den Strand gehen müssen, um das Gegengewicht zu ihrem Sohn einsammeln zu können.

Als die Sonne wie ein blutroter Ball aus dem Meer stieg, ging Anna flink nach Hause. Vorsichtig blickte sie sich um, ob der Strandvogt irgendwo zu sehen war.

Zuhause angekommen setzte sie den Gerstenkaffee auf und kochte für ihren Mann und den Sohn den Haferbrei, den sie jeden Morgen aßen. Zu gern hätte sie ihrem Mann auch eine große Wurst oder einen Schinken mitgegeben, wenn er zum Fischen auf den Bodden fuhr, aber über solchen Reichtum verfügten sie nicht.

Von nun an begann jeder ihrer Tage damit, dass sich Anna noch vor Sonnenaufgang an den Strand begab, um Bernstein zu sammeln. Langsam füllte sich ihr Beutel, den sie zu Hause in einer Lade versteckte. Wenn ihr Mann das Haus verlassen hatte, um mit dem kleinen Boot fischen zu fahren, nahm sie zuerst den Sohn auf den Arm und danach den Beutel, um zu sehen, ob sie das gleiche Gewicht erreicht hatten.

Die Tage gingen dahin, der Beutel füllte sich und Anna hatte längst die Fähigkeit entwickelt, Bernstein zwischen dem Tang zu entdecken. Manchmal vergaß sie fast die Zeit dabei, doch sobald sich die ersten Sonnenstrahlen in den glänzenden Steinen spiegelten, verließ sie eiligst den Strand.

»Wenn ich morgen noch eine Handvoll finde«, dachte Anna, »müsste es reichen.«

Als der nächste Tag anbrach und Anna sich auf den Weg zum Strand begab, lagen bereits die ersten Herbstnebel dicht über dem Boden.

»Wie viele Tage habe ich nun schon Bernstein gesammelt?«, fragte sich Anna.

Plötzlich hörte sie die Geräusche wild galoppierender Hufe auf sie zukommen. Der Schreck fuhr Anna in die Glieder. Es konnte sich nur um den Strandvogt handeln. Und sie wusste, was das bedeutete.

»Anna Breedenbrügger! Was machst du am frühen Morgen am Strand?« Anna schaut flehend zum Strandvogt auf, die Schürze voller Bernsteine.

»Gib mir die Steine und folge mir zum Gericht. Eine Lizenz zum Bernsteinsammeln hat so ein armes Fischerweib wie du wohl kaum!«, wies der Strandvogt sie harsch an.

»Guter Mann«, flehte Anna, »ich habe den Bernstein doch nur gesammelt, weil er so schön ist, und wollte ihn abgeben … ich habe … ja, ich habe nur …« Anna Breedenbrügger hielt inne. Sie konnte nicht verraten, für wen sie tatsächlich sammeln ging, denn das hätte auch für die weise Frau schlimme Folgen haben können. Die Anwendung von Magie war, wie das Bernsteinsammeln, streng verboten.

»So viel Bernstein in deiner Schürze, das glaubt dir niemand! Spar dir deine Ausreden für den Richter!« Der Strandvogt kannte keine Gnade. Es half kein Bitten und kein Beten. Anna wurde abgeführt, sogleich vor Gericht gestellt und angeklagt, gegen das Bernsteingesetz verstoßen zu haben.

Der Richter hielt sich streng an den Buchstaben des Gesetzes und verurteilte Anna zu zehn Jahren Gefängnis. Das war noch milde, denn Anna hatte den Bernstein nicht verkauft. Anna Breedenbrügger nahm das Urteil entgegen, als hätte es lebenslänglich geheißen. Dabei war es nicht das eigene Leben, um das sie fürchtete. Was sollte mit ihrem Kind werden und mit ihrem Mann? Wer würde ihnen den Haferbrei kochen, wer würde auf den Sohn aufpassen, während ihr Mann auf dem Bodden fischen war?

Anna konnte nicht aufhören zu weinen, während zwei Gerichtsdiener sie in eine Kutsche setzten, die sie ins Gefängnis nach Stralsund bringen sollte. Zusammengesunken hockte sie auf der hölzernen Bank in der dunklen Kutsche. Nur etwas Licht drang durch einen schmalen Schlitz ins Innere. Sie achtete auch nicht auf das heftige Ruckeln und Zuckeln, wenn eines der Räder ein Loch im Weg durchrollte.

Wie lange sie schon unterwegs war, wusste sie nicht, als ein dünnes Stimmchen an ihre Ohren drang.

»He, Anna Breedenbrügger, schau her!«

Sie sah sich um, so gut man etwas in dem halbdunklen Kasten erkennen konnte, aber sie sah nichts und niemanden. Da erklang die Stimme erneut, nun schon etwas deutlicher und fester:

»Anna Breedenbrügger, hier bin ich!«

Doch noch immer konnte Anna nicht sehen, wer zu ihr sprach. Ihre Augen gewöhnten sich langsam an die Dunkelheit, so dass sie auf der gegenüberliegenden Bank die Umrisse eines kleinen Männleins erkennen konnte.

»Wer bist du?«, fragte sie überrascht.

»Ich bin Alrik aus dem Bernstein. Du kennst mich.«

Sie versuchte, die Gesichtszüge des seltsamen Mitreisenden zu erkennen, aber nein, einen Alrik aus dem Bernstein kannte sie nicht.

»Erinnere dich«, sagte das Männlein. »Du hast die weise Frau aufgesucht wegen des Leidens deines Sohnes.«

Da erinnerte sie sich an den kinderfaustgroßen Bernstein und an den Einschluss, der aussah wie ein kleiner Kobold.

»Das warst du in dem Bernstein?«, fragte sie fast ungläubig. Da lachte das Männchen auf der Bank gegenüber.

»Ja, das war ich.«

»Und wie«, wollte Anna wissen, »kommst du dann in diese Kutsche und wie hast du in den Stein gepasst?«

»Das ist eine traurige Geschichte«, hob Alrik an. Er erzählte, dass die weise Frau vor kurzen in ihrer Hütte gestolpert war, als sie, den großen Bernstein noch in der Hand, gerade wieder einem Kind geholfen hatte. Dabei glitt ihr der große Bernstein aus der Hand und zersplitterte auf dem harten Boden.

»Das war mein Zuhause«, sagte Alrik traurig. »Nur ein so großer und magischer Bernstein kann mich wieder aufnehmen. Doch die alte Frau ist zu schwach und ich bin zu klein, um nach einem neuen Bernstein zu suchen.«

Anna hatte Mitleid mit dem armen Kobold, doch wusste sie nicht, wie sie ihm hätte helfen können.

»Ich kann dir leider nicht helfen, lieber Alrik, so wie du einst meinem Sohn geholfen hast.«

»Dass du in dieser schweren Stunde nur darüber nachdenkst, wie du einem anderen helfen kannst, zeigt mir, dass du ein guter Mensch bist, Anna Breedenbrügger. Du hast so viele Bernsteine für die weise Frau gefunden und sie nicht verraten. Meinst du, du könntest noch einmal einen großen Bernstein für uns finden, in dem ich mir wieder ein Zuhause einrichten kann?«

Das würde sie gern, erklärte sie, doch wie sollte sie da wieder Bernsteine sammeln können, wenn sie im Gefängnis saß?

»Keine Sorge«, erklärte Alrik aus dem Bernstein.

»Ich habe zwar mein Zuhause verloren, aber nicht meine Magie. Ich beschütze dich. Wenn die Kutsche das nächste Mal hält, weil die Pferde getränkt oder gewechselt werden müssen, öffne die Bodenluke. So können wir beide fliehen.«

»Aber wenn sie mich doch wieder erwischen am Strand mit einem großen Bernstein in der Hand?«, gab Anna zu bedenken.

»Gemach, gemach«, sagte der Kobold. »Um Mitternacht gehen wir an den Strand. Du wirst einen Bernstein in der passenden Größe finden. Den nimmst du auf und bringst ihn zu der alten Frau. Die weiß dann schon, was weiter geschehen muss. Keine Angst, ich bleibe die ganze Zeit bei dir.«

Anna schwieg. Wie zuvor war ihr auch diesmal unwohl bei der ganzen Sache. Doch sie glaubte an die Magie des Kobolds. Eine erneute Strafe würde sicher schlimmer ausfallen, aber vielleicht ging ja auch alles gut aus. Ihre Gedanken wurden durch ein deutliches »Brr« des Kutschers gestört. Sie hielten an, die Kutsche stand still.

»Jetzt!«, rief der Kobold in die Finsternis. Da öffnete sich wie durch Zauberhand eine Luke am Boden der Kutsche. Anna schlüpfte mit dem Kobold durch die Luke und sie verbargen sich bis zum Abend in einem dichten Gebüsch. Als der Mond hell über ihnen stand, folgte sie dem Kobold an den Strand. Alles geschah, wie er es ihr prophezeit hatte. Sie fand den Bernstein in der erforderlichen Größe. Am frühen Morgen kamen sie bei der Hütte der weisen Frau an.

»Ich wusste es«, sagte diese dankbar, als hätte sie vorausgesehen, dass Anna Breedenbrügger das neue Zuhause für ihren Kobold finden würde.

»Komm Alrik, auf nach Hause!« Sie hielt den Bernstein gegen das Licht und Anna sah, wie in dessen Mitte langsam aus einem zunächst dunklen Fleck die Gestalt des Kobolds wurde.

»Vielen Dank Anna, du hast wahre Treue bewiesen. Alrik und ich werden es dir auf ewig danken.«

Anna schaute die weise Frau mit großen Augen an.

»Nur keine Angst!« gluckste diese vergnügt. »Auch für dich ist gesorgt. Wenn du nach Hause kommst, findest du in der Lade, wo dein gesammelter Schatz gelegen hat, der nun meiner ist, ein königliches Schreiben. Dort steht, dass du begnadigt worden bist. Mit königlicher Unterschrift und Siegel! Daneben findest du auch ein zweites Schreiben, in dem steht, dass du nach Bernstein suchen darfst. Bewahre es gut auf!«

»Wie das?«, fragte Anna ungläubig.

»Glaubst du mir nicht? Du hast meine Zauberkünste doch mit eigenen Augen gesehen. Geh nur nach Hause zu deiner Familie und sieh selbst nach.«

Da lief Anna so schnell sie konnte nach Hause, wo sie mit großer Freude von ihrem Mann und ihrem Sohn empfangen wurde. Und tatsächlich, in der Lade fand sie die beiden Schreiben, die ihr Leben und das der Ihren von nun an verändern sollten. Jeden Morgen ging Anna nun wie gewohnt zum Bernsteinsammeln an den Strand und alles kam zu einem guten Ende.

Vom Schiffer Hein Grau aus Barth

In Barth lebte einst ein Schiffer, der durch seinen Mut auf See und sein Geschick als Händler zu bescheidenem Reichtum gekommen war. Aber er muss ein mürrischer Mensch gewesen sein, denn beliebt war er nicht bei den Barthern. Er grüßte keinen und wollte von keinem gegrüßt werden. Er ging den Leuten nicht aus dem Weg, eher hatte man den Eindruck, er ginge durch sie hindurch. Ein Griesgram sei er, sagten die Leute über ihn. Es kümmerte ihn aber nicht. Die meiste Zeit war er ohnehin auf See unterwegs oder trieb Handel in fremden Ländern.

Merkwürdig war, dass er, sobald er sein Schiff bestieg, die Griesgrämigkeit an Land zurückließ, als sei die See sein Lebenselixier.

Der Steuermann des Schiffers ertrug die wechselhaften Launen seines Herrn ohne Murren. Er war nämlich ebenso taub wie stumm. Da er stets eine wollene Pudelmütze trug und nie jemand seine Ohren sehen konnte, hieß es, ein feindlicher Pirat hätte ihm beide Ohren mit dem Schwert abgeschlagen. Weil niemand es wirklich wusste, nannte man ihn Mitohneohrn. Dem Steuermann war das egal – er konnte es ja nicht hören und auch nicht widersprechen. Aber das Schiff steuern konnte er und mit allen Winden segeln, auch gegen den Strom, wie kein zweiter.

Einst hatte ihn Hein Grau nach langer Fahrt im Töplitzer Wirtshaus kennengelernt. Stoisch hatte der Hüne jegliches Treiben in der Taverne um sich herum ausgeblendet, hatte sich nicht von Grölen, Lachen oder Schreien ablenken lassen. Das hatte Hein Grau gefallen, so einen stummen, gelassenen Seemann, den konnte er gebrauchen. Der würde nicht maulen und murren auf See. Dass er ein so hervorragender Steuermann war, konnte Hein Grau dann im ersten Sturm erleben, als er das Schiff gegen die tosenden Wellen auf Kurs hielt.

Hein Graus Schiff war ein besonderer Schatz. Noch bevor Hein Grau seinen Beruf als Schiffer gefunden hatte, hatte er als armer Schlucker mit nichts weiter als einem einfachen Kutter die Fischerei und den Handel angefangen. Mit diesem verließ er eines Tages den Barther Hafen auf dem Weg nach Dänemark, um dort sein Glück zu machen. Fünf Jahre später kehrte er als vermögender Mann zurück. Er besaß nun eine dreimastige niederländische Fleute[15], ein Schiff mit großer Ladefläche und geringem Tiefgang, gerade recht für die Ostsee mit ihren zahlreichen Untiefen und Sandbänken. Das Schiff war wendig und lag gut vor dem Wind. Klaus Störtebeker soll zeitweise so ein Schiff besessen haben. Hinter vorgehaltener Hand erzählte man sich, dass Hein Grau die Fleute von dem Seeräuber für gute Dienste bekommen habe. So sagte man. Die Leute reden viel, wenn der Tag lang ist.

Vielleicht stimmte das auch nicht mit der Seeräuberei und Hein Grau war einfach ein geschickter Händler, der seine Ware preiswert einkaufte und mit Gewinn an den nächsten Händler brachte. Die Wahrheit blieb sein Geheimnis. Aber das größte Geheimnis verbarg sich an Bord der Fleute.

Man erzählte sich, dass es dort nicht ganz geheuer zuginge. Oder wie sollte man sich erklären, dass Hein Grau durch die schwersten Wetter steuerte, wenn andere nicht einmal wagten, den schützenden Hafen zu verlassen? Selbst ein noch so erfahrener Steuermann wie Mitohneohrn würde nicht jeden Sturm durchsegeln können. Die Ostsee ist ein tückisches Meer. Der Westpassat treibt das Wasser bis hoch vor das estnische Reval oder gar bis zum karelischen Wyborg. Die dort angestauten Wassermassen fließen alles mit sich reißend zurück, wenn der Wind umschlägt. Dann geraten die Schiffe in Seenot. Sie werden gegen die Klippen getrieben und zerbersten. So manches Schiff versank mit Mann und Maus und der ganzen Ladung in den Fluten des tosenden Meeres. Hein Grau aber brachte seine Fleute durch alle Gefahren. Manchmal lief das Schiff zwar mit zerrissenem Segel oder gebrochenem Mast in den heimatlichen Hafen ein, aber die wertvolle Ladung blieb stets unversehrt. War bei all dem Glück doch eine geheime Kraft im Spiel? Eines Tages war Hein Graus Fleute auf der Rückfahrt von Holland dort, wo die Nordsee übers Skagerrak ins Kattegat in die Ostsee übergeht, in einen schweren Sturm geraten. Besonders das Kattegat ist seit ewigen Zeiten ein schwierig zu befahrendes Wasser zwischen dem dänischem Jütland und der Westküste Schwedens.

[15] Die Fleute, altertümlich auch Fluite, Fluit, Fluyt, Fliete, Vliete genannt, war ein ursprünglich aus den Niederlanden stammendes dreimastiges Handelsschiff mit großer Ladefähigkeit und geringem Tiefgang.

Als ob die beiden Meere miteinander stritten, wem das Wasser gehöre, herrschte dort immer eine schwere See.

Wer diese Passage durchfuhr, brauchte einen guten Steuermann. Den hatte Hein Grau. Und was keiner ahnte, aber viele vermuteten: Einen fleißigen Puk hatte er auch, der nachts übers Deck huschte, die Ladung prüfte, damit sie nicht verrutschte, die Taue spannte, wenn sie locker waren und die Kajüte seines Herrn aufräumte, wenn der vom Rum übermannt in seiner engen Koje schnarchte, dass die Planken ächzten. So ein Puk war ein praktisches Kerlchen.

Ein Puk nämlich ist ein Kobold, von geringer Gestalt, etwa anderthalb Fuß groß, trägt einen wallenden Bart, hat eine rote Zipfelmütze und besitzt ein ebenso rotes Jäckchen. Ein Puk gehört zu den guten Geistern, allerdings nur, wenn man ihn gut behandelt. Besonders nachts macht er sich nützlich in Haus und Hof. Er füttert in den frühen Morgenstunden das Vieh der Bauern und beweist besonderes Geschick, die zerrissenen Netze der Fischer wieder herzurichten. Lohn verlangt er nicht. Man muss ihm nur seine tägliche Ration Muskatwein hinstellen, dazu eine Schüssel mit Rosinen und Feigen platzieren, dann ist er schon zufrieden und tut ohne Murren seine Arbeit. Warm will er es haben, unbedingt! Einen Platz hinter dem Ofen muss man für ihn freihalten. So einer war auch Hein Graus Puk an Bord der Fleute.

Solange der Puk bekam, was er mit dem Menschen, dem er dienen wollte, ausgehandelt hatte, ging auch alles gut. Man weiß aber von schlimmen Flüchen mit noch schlimmeren Folgen, wenn der Kobold nicht zu seinem Recht kam oder vielleicht in der Nacht draußen beim Hofhund schlafen sollte. Dann konnte er zu einem rechten Wüterich werden und man tat gut daran, ihm aus dem Weg zu gehen.

Hein Graus Puk hatte bereits dem Vorbesitzer der Fleute gedient und nun war er zufrieden bei Hein und Mitohneohrn, die sich gut um ihn kümmerten. Für so einen guten Herrn arbeitete der Puk gerne hart. Nach getaner Arbeit schlüpfte er in das Wandschränkchen, das der Schiffer als Puks Zuhause bereitgestellt hatte, nicht ohne zu vergessen, was ihm als tägliche Ration zugeteilt werden muss.

Am liebsten aß er Rosinen und Feigen, die er stets mit einem kräftigen Schluck Rum die Kehle hinunterspülte. Und da der Kobold auch über magische Kräfte verfügte, wundert es nicht, dass Hein Graus Schiff ungefährdet durch alle Wasser pflügte.

So geschah es auch an diesem Tag. Der Sturm sprang von West nach Ost und wieder zurück. Große Brecher rollten heran, die wie von Zauberhand dirigiert kurz vor dem Bug zu friedlichen Wellen wurden. Die Segel flatterten heftig, wurden aber nicht vom Mast gerissen. Die Fleute stampfte und rollte und stöhnte, aber sie hielt Kurs.

Hein Grau stand neben seinem Steuermann, der das Ruder nicht aus der Hand gab. Prüfend blickte er voraus. Angespannt verfolgte er jede Bewegung und jedes Geräusch des Schiffes, ohne sich wirklich Sorgen machen zu müssen. Er wusste ja, wen er an Bord hatte und wer ihn durch alle Fährnisse lotsen würde. Mitohneohrn stand breitbeinig da, als sei er ein Teil des Schiffes. So kamen sie ungefährdet in die etwas ruhigere Ostsee und steuerten den heimatlichen Hafen in Barth an. Als sie einliefen, staunten die Barther.

»Wie hei dat nu wedder schafft hett!«[16], sagten sie anerkennend und doch auch mit einem unguten Gefühl im Magen. Es ging das Gerücht um, dass dieser Sturm drei große Kauffahrschiffe zum Kentern gebracht hatte. Hein Graus Fleute aber hatte alle Segel gesetzt und ließ auch sonst keine Schäden erkennen. »Daar führt de Düvel mit.«[17], raunten sich die Leute zu, die das einlaufende Schiff beobachteten, während die Fracht entladen wurde.

Hein Grau und Mitohneohrn verließen das Schiff, um den Erfolg der letzten Fahrt mit einem ordentlichen Schluck Rum zu begießen. Ihr Weg führte sie direkt ins »Töplitzer«, dem nächstgelegenen Wirtshaus, wo Hein Grau sich an seinen Stammtisch setzte, an den sich auch dann niemand zu setzen wagte, wenn der Schiffer zwischen Barth und der weiten Welt auf See unterwegs war.

»Und der Puk?«, fragte Mitohneohrn stumm, indem er mit den Händen eine Zipfelmütze auf seinem Kopf formte und ratlos mit den Achseln zuckte. Hein Grau verstand die Zeichen seines Steuermanns.

»Der kann auch mal ein paar Stunden allein bleiben!«, erklärte Hein Grau mürrisch, als sie die Gastwirtschaft betraten, und gab dies mit einer abwinkenden Geste seinem Steuermann zu verstehen. Doch bei ein paar Stunden sollte es nicht bleiben.

16 »Wie er das nur wieder geschafft hat!«
17 »Da fährt der Teufel mit.«

Der Wirt stellte Hein Grau und Mitohneohrn je eine Flasche Rum hin. Die tranken sie wortlos aus. Der Wirt stellte wieder zwei Flaschen hin. Die tranken sie ebenso wortlos aus. Der Wirt stellte wieder zwei Flaschen hin. Die ganze Nacht ging das so. Am Ende hatten sie beide große Mühe, nicht unter den Tisch zu rutschen. Fast immer war es Mitohneohrn, der sitzen blieb, als ob der Rum in seinem gewaltigen Körper versickerte wie Wasser in der Wüste.

Hein Grau allerdings bekam die letzte Flasche gar nicht gut und er schlief tief und fest am Tisch ein. Der Steuermann packte ihn wie einen Mehlsack und warf ihn sich über die linke Schulter. So trabte er am nächsten Morgen zum Hafen, wo die Fleute lag. Hätte liegen müssen! Denn als Mitohneohrn am Hafen ankam, trieb das Schiff eine halbe Meile weit draußen und tanzte hin und her zwischen sich ständig auftürmenden Wellen.

Verblüfft verharrte der Steuermann und beobachtete das Treiben. Da entdeckte er das kleine Boot, mit dem sie von Bord gegangen waren. Er legte seinen schlafenden Herrn hinein, sprang selbst in den Kahn und ruderte mit aller Macht aufs Meer hinaus in der Hoffnung, die Fleute erreichen und retten zu können. Fast sah es aus, als seien die Riemen Flügel, so schnell schlug Mitohneohrn die Ruderblätter.

Am Schiff angelangt, ergriff Mitohneohrn das herabhängende Tau, das wie eine Peitsche hin und her schlug, lud sich den immer noch schnarchenden Schiffer auf die rechte Schulter und enterte die obere Kante des Schiffes, an der er sich über die Reling hochzog. Das war aber auch höchste Zeit, denn das Schiff drehte sich inzwischen wie ein Kreisel und zerschlug das kleine Beiboot. Das Deck erreichend, legte der Steuermann den Schiffer ab und setzte sich schwer atmend neben ihn. Da rollte wieder eine große Woge über das Schiff und begrub für einen Moment beide unter sich. Es hatte wohl dieser kalten Dusche bedurft, denn prustend erwachte Hein Grau aus seinem Rausch, schaute sich verwirrt um und rappelte sich mühsam auf. Er musste seinen Steuermann nicht fragen, was geschehen war. Der hätte ihn ohnehin nicht hören oder ihm antworten können, selbst wenn er ein Mitohrn gewesen wäre, denn der Wind fauchte und pfiff und brüllte wie ein Ungeheuer. Das Schiff krängte von Backbord nach Steuerbord und wieder gefährlich zurück. Es hätte nicht viel gefehlt, dann wäre es gekentert. Die alten Planken ächzten und krächzten. Der nächste Brecher überrollte das Schiff. Der Hauptmast brach und das Segeltuch schlug in Fetzen nieder.

Ein Unwetter wütete gegen die Fleute, wie man es lange nicht erlebt hatte. Und gegen das Tosen des Sturms hörte man ein böses Lachen. War das der Puk?

In der Nacht hatte der Puk vergeblich nach seinem Rum, den Rosinen und den Feigen gesucht, die ihm Hein Grau sonst hinstellte. Denn in der Eile, nach dem bösen Sturm endlich im Heimathafen an Land zu gehen, hatte der Schiffer doch tatsächlich vergessen, die Schalen zu füllen und die Flasche mit dem Rum bereit zu stellen. Da erfasste den Kobold eine große Wut, weil Hein Grau seinen Vertrag gebrochen hatte.

Und nun, da Hein Grau und Mitohneohrn zurück an Bord waren, zerstörte der Puk die Aufbauten des Schiffs, riss die Segel von den Stangen und warf alles, was nicht fest vertäut war, über Bord. Dabei schrie er mit einer Stimme, die man dem kleinen Kerl im Leben nicht zugetraut hätte:

»Du hast mich verraten, Hein Grau. Dafür wirst du bezahlen!«

Kaum hatte der Kobold den Fluch ausgesprochen, brach das Schiff in zwei Teile. Zuerst versank die vordere Hälfte mit dem Bug und der Galionsfigur in den Fluten, dann folgte das Heckteil. Mit dem geborstenen Schiff sanken Hein Grau und sein Steuermann Mitohneohrn in die Tiefe des Meeres.

So verschwand Hein Grau mit seiner Fleute aus Barth. Niemand hatte gesehen, was geschehen war, und niemand fand je Spuren eines Unglücks. Vielleicht war Hein Grau ja nur wie so oft auf Reisen?

Mit der Zeit vergaßen die Barther ihren missmutigen Zeitgenossen. Nur die Redensart hielt sich, wenn etwas auf unerklärliche Weise verschwand und nie wieder auftauchte wie die Fleute von Hein Grau:

»Das wird wohl der Puk gefressen haben.«

Das Wasser aus der Alkunquelle zu Barth

Seit ewigen Zeiten schöpften die Barther ihr Trinkwasser aus dem Senkbrunnen der Stadt. Das klare Wasser floss reichlich und löschte jedermanns Durst. Es reichte zum Waschen und Kochen und auch zum Gießen im Gemüsegarten am Haus. Doch eines Jahres kam eine große Trockenheit über das Land. Die Brunnen und Quellen versiegten fast gänzlich und aus dem Senkbrunnen quoll nur noch ein dünnes Rinnsal. Da entstand unter den Barthern ein heftiger Streit um jede Kanne Wasser. Wer nicht stark oder rücksichtslos genug war, ging meistens leer aus. Aber Durst ist schlimmer als Heimweh. Also blieb den Bewohnern der Stadt nur noch ein Weg, nämlich der zum Ritter Alkun auf dessen Burg, welche südlich von Barth auf einem Hügel stand.

Ritter Alkun besaß eine reichlich sprudelnde Quelle, deren Wasser in den nahe gelegenen Sundischen Bergen unweit der Sundischen Straße entsprang und des Ritters Mühle in steter Bewegung hielt. Sehr zum Bedauern der Barther durchquerte der kleine Fluss aber nicht ihr Stadtgebiet, sodass sie keinen Zugriff auf das dringend notwendige Wasser hatten. Um die Not in der Stadt zu wenden, hofften die Barther, einen kleinen Kanal von der Quelle ableiten zu dürfen.

Der Ritter dachte aber nicht einmal im Traum daran, den Barthern auch nur einen Tropfen des kostbaren Nass' abzugeben.

»Nehmt doch Bier!«, spottete er, als ob man Bier ohne Wasser brauen könnte. Dabei lachte er hämisch, kehrte den Bittstellern den Rücken zu und ließ das Tor rasselnd nieder.

Die Ratsleute mussten mit ihrem Bürgermeister unverrichteter Dinge wieder abziehen. Sie beratschlagten, was nunmehr zu tun sei, um an das dringend benötigte Wasser zu gelangen. Zunächst mussten die wenigen Brunnen, aus denen noch etwas Wasser geschöpft werden konnte, von extra abgestellten Bütteln bewacht werden. Keine Barther Familie durfte mehr als eine Kanne voll entnehmen. Dabei kam es oft zu Streit und Rangelei, wobei manch wertvoller Tropfen verschüttet wurde, was den Zorn der Streitenden noch weiter erregte. Eine Kanne Wasser reichte gerade mal, um den morgendlichen Gerstenkaffee für eine fünfköpfige Familie aufzubrühen. Wer sich waschen oder seine Wäsche reinigen wollte, musste sich ans Ufer des Boddens begeben und das salzige Brackwasser nutzen. Trinken konnte man es nicht. Wer es dennoch tat, wurde krank und von noch größerem Durst gequält. Und dabei plätscherte gleichsam vor den Toren Barths ein munteres Bächlein dahin, dessen Wasser ausgereicht hätte, die ganze Stadt zu versorgen. Aber Ritter Alkun hatte seine Soldaten angewiesen, jeden mit ihren Spießen, notfalls auch mit einem Schuss aus der Muskete zu verjagen, der sich der Quelle mehr als zehn Schritte näherte.

Verzweifelt saßen die Ratsleute ratlos im großen Sitzungssaal beisammen und klagten sich gegenseitig ihr Leid.

»Wie soll ich Brot backen, ohne Wasser?«, fragte der Bäcker verzweifelt.

»Wie soll ich meine Stoffe färben? Mit trockenem Pulver?«, rief der Färber mit verzweifeltem Gesicht.

»Bier brauen ohne Wasser? Wie soll das gehen?«, fragte der Brauer in die Runde.

Die Frau von der Armenküche hatte versucht, Brackwasser abzukochen und Erbsensuppe damit zu kochen, aber wer davon kostete, spie die Suppe gleich wieder aus. Jeder der anwesenden Ratsherren hatte einen anderen, am Ende aber immer den gleichen Grund zu klagen: das Wasser fehlte.

Da stand der Schmied auf. Er war von mächtiger Gestalt und hatte einen finsteren Blick.

»Dann holen wir uns das Wasser eben!«, erklärte er mit Entschiedenheit. Fast mitleidig lächelnd erwiderten die anderen:

»Ja ja, holen wir uns das Wasser. Sagst du uns auch, wie?« Der Schmied war um die Antwort nicht verlegen.

»Mit Spießen und Stangen und Knüppel, wenn es sein muss!«

»Mit Spießen und Stangen gegen Degen und Musketen. Wie soll das gehen, Schmied?«, fragte der Bürgermeister.

»Ja, wie soll das gehen?«, stimmten ihm andere Ratsherren bei. Es fehlte ihnen wahrlich nicht an Mut, aber der Vorschlag des Schmieds war leider nicht umzusetzen, wenn am Ende zwar Blut floss, aber immer noch nicht ausreichend Wasser.

Die Reden gingen hin und her, wobei alle durcheinander sprachen oder stritten. Die Ratssitzung drohte in einem Tumult zu enden. Da hob der Bürgermeister plötzlich beide Hände und rief mit kräftiger Stimme: »Herrschaften, Ruhe!« Und seine Stimme übertönte den Lärm. Er sprach bedächtig:

»List reißt mehr Mauern nieder als Gewalt.«

Das war ein kluger Satz, wohl wahr, aber was meinte er damit? Welche List sollte das sein, um an das dringend notwenige Wasser zu kommen? Erwartungsvolle Blicke richteten sich auf den Mann, der die Lösung zu wissen schien. Allerdings war auch mancherlei Zweifel zu hören und allerlei Bedenken, ob sich der Ritter von ihnen überlisten ließe.

Mit beiden Händen machte der Bürgermeister eine beruhigende Geste.

»Gemach«, sprach er und dabei war nicht zu übersehen, dass ihm der Schalk im Nacken saß. »Wir laden Ritter Alkun zu einem Fest ein, ein Turnier meinetwegen.«

Die Überraschung unter den Ratsherren war groß. Ausgerechnet den Ritter Alkun, der ihnen das Wasser verweigerte, wollte er zu einem Fest einladen? Wie sollte das gehen?

»Ich werde«, erklärte der Bürgermeister, »die Schneider der Stadt beauftragen, für jeden von euch die gleiche Montur zu fertigen und eine Maske dazu. Sputet euch, meine Herren, das Fest soll in vier Tagen stattfinden. Denkt an die dürstenden Bürger unserer Stadt. Ich will nicht warten, bis die ersten zu Grabe getragen werden müssen, weil sie verdurstet sind.« Ungläubige Gesichter allerseits. »Ein Fest? Was für ein Fest?«

»Ein großes Fest, zu dem wir alle bitten, auch die anderen Ritter aus dem Umland, nicht nur Ritter Alkun.«

»Alle Burgherren. Und Ritter Alkun ganz besonders. Aha?« Begeisterung klingt anders, aber die Wassernot ließ wenig Raum für allerlei Bedenken.

»Ein Fest. Aha. So, so. Und was soll das bringen?«

»Lasst mich nur machen,« sagte der Bürgermeister, ohne zu verraten, was sein Plan war.

Nun hatten die Ratsherren von Barth allen Grund, ihrem Bürgermeister zu vertrauen. Der hatte die Geschäfte der Stadt bisher mit Umsicht und sehr zum Wohle der Bürger geführt. Aber den Ritter zu einem Fest einladen, der sie gerade mit Hohn und Spott von seiner Burg vertrieben hatte, als sie ihn in der Not um Wasser aus seiner Quelle baten, das schien ihnen das ganze Gegenteil von dem zu sein, was Erfolg versprach. Da war die Idee des Schmieds am Ende sogar erfolgversprechender.

»Braumeister«, fragte der Bürgermeister, ohne auf die Bedenken der anderen einzugehen, »hast du noch reichlich Bier auf Lager?«

Reichlich sei übertrieben, erwiderte der Brauer zögerlich. Aber er wüsste nicht, warum er die Fässer bereitstellen solle, um dem Ritter ein Fest zu geben.

»Hast du genug?«, wiederholte der Bürgermeister seine Frage.

»Ja, habe ich«, lautete die Antwort.

»Hätte ich«, schränkte der Brauer misstrauisch ein, »wenn du mir sagst, wofür du es benötigst.«

»Noch einmal, Bürgermeister«, fragte der Bäcker. »Was soll daran listig sein, den hartherzigen Ritter zu einem Fest einzuladen, während wir allesamt am Verdursten sind?«

Da schlug sich der Bierbrauer mit der flachen Hand vor die Stirn wie einer, der plötzlich begriffen zu haben glaubte, welcher Art die List sein sollte.

»Du willst ihn mit meinem Bier betrunken machen? Weißt du, gegen wen du da antreten möchtest? Wenn einer trinkfest ist, dann der Ritter Alkun. Den kriegst du nie im Leben unter den Tisch.« Da schmunzelte der Bürgermeister.

»Ich nicht, aber wir alle, wenn wir alle gleich aussehen. Der Ritter wird sich außerdem mehr für den nächsten Krug Bier interessieren als für den nächsten Mann, der ihm zuprostet. Nach jedem Krug, den einer von uns leert, wechseln wir unauffällig die Plätze. Und wenn das drei Tage gehen sollte, am Ende unterschreibt er uns ein Dokument, in dem steht, dass wir Barther einen Kanal von seiner Quelle in unsere Stadt graben dürfen. Ich werde den ersten Krug mit ihm trinken und den letzten. Wer einen besseren Vorschlag hat, hebe die Hand.«

Die Ratsherren sahen sich in der Runde um. Keiner hob die Hand. Aber keiner machte auch den Eindruck, vom Vorschlag des Bürgermeisters wirklich überzeugt zu sein.

Die Schneider der Stadt fertigten in den folgenden Tagen aus demselben Tuch weite Umhänge und die passende Maske an. Die Hutmacher sorgten für die dank ihrer Ähnlichkeit zu verwechselnden Hüte. Die Perückenmacher stellten ein Dutzend gleicher Allongefrisuren her.

Ritter Alkun war zwar misstrauisch, als er die Einladung erhielt, ließ sich aber überzeugen, weil auch die anderen Ritter rund um Barth erscheinen würden. Und auf Kosten der Stadt feiern zu können, ohne dafür einen einzigen Dukaten bezahlen zu müssen, war ganz in seinem Sinne. Gönnerhaft entschied Ritter Alkun sogar, für das Fest jedem Bürger einen Eimer Wasser aus seiner Quelle gegen einen goldenen Dukaten zur Verfügung zu stellen. So großzügig war der hartherzige Mann! Ritter Alkun freute sich darauf, den widerspenstigen Bürgermeister unter den Tisch zu trinken.

Es wurde ein rauschendes Fest, wenngleich die Barther dem Treiben mit gemischten Gefühlen zusahen. Einen Tag und eine Nacht floss das Bier in Strömen. Ritter Alkun trank nicht bloß, er soff wie ein Kamel in der Wüste und tat seinem Tischnachbarn ordentlich Bescheid. Kaum war ein Humpen leer, stand schon der nächste auf dem Tisch und, schluckschluck, war schon wieder der nächste unterwegs. Ritter Alkun merkte nicht, dass es jedes Mal ein anderer Ratsherr war, der an seiner Seite saß und ihm zuprostete, denn es war stets derselbe Umhang, dieselbe Maske, dieselbe Allongeperücke und derselbe Hut. Und wenn es ums Biertrinken ging, war dem Ritter ohnehin gleichgültig, wer der andere war, der ihm ordentlich zusprach, wenn nur der nächste Humpen schon auf dem Tisch stand, der geleert sein wollte.

Ritter Alkun, schien es, war nicht zu bezwingen, aber am nächsten Morgen wankte er bereits bedenklich. Der Bürgermeister sah es und setzte sich als Letzter neben den Ritter. Der legte seine schwere Rechte auf die Schulter des Bürgermeisters, um sich auf dem Stuhl zu halten.

»Ich wlussde galnisch, dass du so trinkflesch…« Zum Glück der Barther hatte er die List nicht durchschaut. Der Rest des Satzes war nur noch Lallen.

Das war der Augenblick, auf den der listenreiche Bürgermeister gewartet hatte. Er griff in seinen Umhang und zog ein vorbereitetes Pergament hervor. Sein Schreiber hatte sogar Tinte, Feder und Siegelwachs parat.

»Was issssss daaaaas?«, wollte Ritter Alkun wissen.

»Eine Bestellung, damit uns das Bier nicht ausgeht, Ritter Alkun. Ihr müsst nur noch unterschreiben.«

Es war seine letzte Handlung an diesem Tag, danach rutschte er vom Stuhl. Schnell tröpfelte der Bürgermeister etwas von dem Siegelwachs neben die geschwungene Unterschrift, nahm die rechte Hand des Ritters, an deren Zeigefinder der ritterliche Siegelring steckte, und drückte das Siegel in das flüssige Wachs.

Ritter Alkun war in so tiefen Schlaf gefallen, dass er davon nichts bemerkte und von vier Dienern in sein Schlafgemach getragen werden musste. Das Fest war aus.

Der Ritter erwachte am folgenden Nachmittag aus seinem Rausch wegen ungewohnter Geräusche in seinem Hof. Er begab sich ans Fenster, blickte hinab und wischte sich mehrmals die Augen, weil er glaubte, er sähe nicht richtig. Aber er sah richtig. Ein halbes Dutzend Männer war damit beschäftigt, von seiner Quelle eine Rohrleitung in die Stadt zu legen. Als er endlich begriff, was da unten vor sich ging, brüllte er wie ein Löwe und verlangte von seiner Wache, sie sollen die Übeltäter und Wasserräuber ins tiefste Gewölbe seiner Burg sperren.

Doch da trat ihm der Bürgermeister von Barth mit dem unschuldigsten Gesicht der Welt entgegen.

»Ritter Alkun, dies geschieht auf Euren Befehl.«
Dabei zog er den Vertrag aus seinem Gewand, in dem unmissverständlich formuliert war, dass die Bürger von Barth auf Geheiß und ausdrücklichen Wunsch des Burgherrn handelten und eine Leitung in die Stadt legen sollten, um dem Durst der Bürger ein Ende zu machen.

Ritter Alkun starrte auf das Pergament. Er versuchte zu begreifen, wie es zu dieser Unterschrift gekommen sein konnte, die zweifelsfrei die seine war. Allmählich begriff er, auf welche List er hereingefallen war. Aber gibt ein Ritter Alkun zu, dass er sich hat übertölpeln lassen? Zähneknirschend erklärte er:

»Ein Mann – ein Wort. Lass sie graben, Bürgermeister. Lass sie graben. Aber ladet mich in Zukunft nie wieder zu einem Fest ein. Am Ende behauptet Ihr noch, ich hätte Euch die Burg vermacht.«

Als die ersten Tropfen im Kanal die Stadt erreichten, sangen und sprangen die Barther vor Freude. Sie feierten die List ihres Bürgermeisters und waren hinfort froh, das beste Wasser im weiten Umfeld zu haben. Sie beschlossen aus dem klaren Wasser des Kanals ein besonderes Bier zu brauen. Über viele Jahre sprudelte die Quelle und das vortreffliche Barther Bier war gefragt. Sie gaben ihm den Namen »Ritter Alkuns Schwarzbier«, das man auch heute noch in Barth und Umgebung sowie zwischen Wustrow und Zingst kaufen und trinken kann. Wahrer kann eine Geschichte nicht sein.

Und zum Schluss noch ein kleiner Spaß, den man sich bis heute auf dem Darß erzählt… Doch wer könnte die Wahrheit dahinter je bezeugen?

Ein Darßer am Himmelstor

Es gab eine Zeit, da glaubten die Darßer etwas Besonderes zu sein, weil die Netze der Fischer praller gefüllt waren als die anderer Inselbewohner, zum Beispiel derer von Hiddensee. Sie meinten auch, ihre Kühe gäben fettere Milch und ihre Felder trügen reichere Früchte. Das stimmte zwar nicht, aber die Darßer behaupteten stock und steif, dass das so sei.

Eines Tages starb ein Darßer, weil er auf unsicheren Beinen wankend über eine Wurzel gestolpert war. Er schlug der längelang hin und mit dem Kopf auf einen Stein. Der Stein war härter als sein Kopf. Nun könnte man glauben, ein toter Darßer sei vernünftiger als ein lebendiger. Aber weit gefehlt! Als besagter am Himmelstor anlangte und bei Petrus um Einlass ersuchte, bekam er zur Antwort:

»Tut mir leid, lieber Darßer, aber der Himmel ist ausgebucht bis nächstes Jahr. Du musst ein anderes Mal wiederkommen.« Dabei wies Petrus auf ein Schild neben dem Tor, auf dem stand: »Himmel zurzeit wegen Überfüllung geschlossen.«

Das behagte dem Darßer gar nicht. Er argwöhnte, dass noch genug Platz für ihn sein müsse und der Herr des Tores nur etwas gegen ihn habe, weil er ein Darßer war. Die Darßer glaubten nämlich, alle anderen neideten ihnen ihre vollen Netze, fette Milch gebenden Kühe und reiche Ernte bringenden Felder. Und überhaupt, weil sie auf dem Darß lebten, der schönsten Halbinselkette der Welt. Deshalb bat er Petrus misstrauisch, wenigstens einmal einen Blick in den Himmel tun zu dürfen.

Der Hüter der Pforte tat ihm dem Gefallen und öffnete das Tor ein wenig, damit sich der Neuankömmling von der Überfüllung des Himmels überzeugen könne. Der Darßer steckte die Nase durch den Spalt und fuhr dann überrascht zurück.

»Was ist das für ein Lärm?«, fragte er, denn aus dem Himmel schallte ihm ein mächtiges Getöse entgegen.

»Die Hiddenseer«, erklärte Petrus. »Ich sag's doch. Die feiern oft und viel«, erklärte er, »es tut mir leid, aber wir sind voll.«

Da war guter Rat teuer, denn woanders hin hätte der Darßer sich wenden sollen als an den Höllenfürsten, wenn hier oben kein Platz für ihn war?

»Vielleicht«, versuchte er es mit einem Vorschlag, »kannst du zwei, drei von denen anweisen, den Himmel zu verlassen? Oder vier, fünf?« Petrus lachte amüsiert.

»Wer einmal in den Himmel gelangt ist, der wird nicht von mir fortgeschickt. Er müsste schon freiwillig gehen… und wer möchte das schon?«

Da hatte der Darßer plötzlich eine Idee.

»Dürfte ich noch einmal einen Blick in den Himmel werfen, lieber Petrus?«, fragte er mit einem verräterischen Grinsen, denn ein Darßer gibt sich nicht einfach geschlagen.

»Wenn es dich glücklich macht«, erwiderte der Pförtner und öffnete noch einmal das Tor zwei Handbreit. Der Lärm der Feiernden und ausgelassen Tobenden war ohrenbetäubend. Da bildete der Darßer mit beiden Händen einen Trichter vor dem Mund und rief mit gewaltiger Stimme:

»Schipp up Strand! Schipp up Strand!« Er wartete. Zunächst reagierten die Hiddenseer nicht, weil sie ihn gar nicht gehört oder doch wenigstens nicht verstanden hatten. Da nahm er all seine Kraft zusammen und rief noch einmal mit donnernder Stimme:

»Schipp up Strand! Schipp up Strand!«

Plötzlich brach der Lärm ab. Die Hiddenseer drehten sich um, als hätten sie ihren Ohren nicht getraut. Schipp up Strand? Das hieß doch, dass ein Schiff mit reicher Ladung gestrandet und auseinandergebrochen sei.

Der ganze Reichtum würde ans Land gespült werden. Und da rannten sie los, einander zurufend:

»Schipp up Strand! Schipp up Strand!« Sie stoben wie die wilde Jagd auseinander. Jeder wollte der Erste bei der reichen Beute sein. Und nach wenigen Minuten waren alle fort und die Feier vorüber.

Petrus nahm gleichmütig das Schild wieder weg und hielt dem neuen Gast das Tor weit offen.

»Tritt ein, mein Freund. Der Lärm der Hiddenseer war mir schon mächtig auf die Ohren geschlagen.« Er seufzte zufrieden.

»Diese Stille!«, sagte er mit einem seligen Leuchten in den Augen.

»Diese Stille.« Der Darßer war zufrieden, dass seine List geglückt war. Seelenruhig erkundete sein Blick den Himmel. Auf einer großen Wolke entdeckte er Gott. Er ging zu ihm, setzte sich lächelnd an seine Seite und genoss von nun an die Ruhe der Ewigkeit … bis wieder genügend Hiddenseer eingekehrt waren, um zu feiern. Und ganz ehrlich? Auch die Darßer feierten mit. Denn im Himmel herrscht Frieden und Eintracht. Selbst zwischen Darßern und Hiddenseern.

Fischland-Darß-Zingst

Autor

Ulrich Völkel, geboren 1940 in Plauen/Vogtland, lebt seit 2021 in Dresden. In den Jahren 1959 bis 1988 war er auf Rügen, in Schwerin und in Rostock zu Hause, ab 2001 in Weimar. Seit den 1960er-Jahren hat Ulrich Völkel eine Fülle von Büchern als Schriftsteller, Herausgeber und Lektor veröffentlicht, darunter Belletristisches, Lyrik, Kinderbücher und Sachliteratur. Am Staatstheater Schwerin und am Volkstheater Rostock war er als Dramaturg und Regieassistent tätig. Er ist ein professioneller Vorleser, für Kinder und Erwachsene.

Illustratorin

Katrin Kadelke, ein geborener Fischkopf (1979 in Güstrow), wuchs bei den Löffelschnitzern (in Suhl) und Puffbohnen (in Erfurt) auf. Seit 2010 lebt und arbeitet sie in Neuseeland. Von der Nordinsel aus illustriert sie u.a. Kinderbücher, Gedichtbände, bebildert Touristisches, Grusskarten, Kalender und Verpackungen. Ihre heiteren und farbenfrohen Darstellungen wurden vor allem durch ihre illustrativen Arbeiten für die Erfurter Wichtelstollen und gemeinsamen Bücher mit dem Erfurter Kabarettisten und Autoren Ulf Annel bekannt.

Literaturhinweise

Bartsch, Karl: Märchen und Gebräuche aus Mecklenburg. Wien 1879/80

Benecke, Otto: Hamburgische Geschichten und Denkwürdigkeiten. Hamburg 1856

Berg, Gustav: Beiträge zur Geschichte des Darsses und des Zingstes. Kückershagen 1999

Billwitz, Konrad; Haik Thomas Porada: Fischland-Darß-Zingst und das Barther Land. Köln 2009

Buchwald, Roland: Reisefürer Fischland, Darß und Zingst. Ilmenau 2020

Elditt, Heinrich Ludwig: Das Bernstein-Regal. In »Neue Preußische Provinzblätter«. Königsberg 1868

Grässe, Johann Georg Theodor: Claus Störtebecker und Gödeke Michels. Glogau 1868/71

Liebert, Krystin: Fischland, Darß & Zingst. Ribnitz-Damgarten 2010

Miethe, Käthe: Das Fischland. Schwerin 1949

Pfahl, Dorothea: Vom Gold des Meeres. Kückenshagen 2005

Puhle, Matthias: Die Vitalienbrüder. Frankfurt a. M. 1994

Schmied, Hartmut; Maja Kunze: Die Drachenhalbinsel Fischland-Darß-Zingst. Kückenshagen 2005

Schulz, Friedrich: Die Geschichte eines Dorfes zwischen Fischland und Darss. Fischerhude 1992

Thamm, Frank: Darß, Fischland und Zingst. Hamburg 2008

Vogel, Anna und Clara: Ostsee-Sagen und Erzählungen. Berlin 1925

Wehrs, August von: Der Darß und der Zingst. Hannover 1819

Werte der deutschen Heimat, Bd. 71: Darß, Zingst und Barth mit Umland.

Wieczorek, Alfried; Hans Martin Hinz: Europas Mitte um 1000. Stuttgart 2000

Impressum

An der Bäderstraße 7c, 18311 Ribnitz-Damgarten

Tel.: 03821 / 425514-0, Fax: 03821 / 425514-2

www.demmlerverlag.de

Layout & Satz: Katrin Kadelke

Umschlaggestaltung & Illustration: Katrin Kadelke

Druck: BALTO print, Vilnius

1. Auflage 2022

ISBN 978-3-944102-44-3